Im Garten der fernen Sterne

Erlebnisse aus einer Hamburger Sozialstation

AF201037

Alexander Baade

Impressum

Alexander Baade

Im Garten der fernen Sterne

Erlebnisse aus einer Hamburger Sozialstation

164 Seiten, 22 Abbildungen

Fotografien: Privataufnahmen des Autors ©

© 2020, überarbeitete Neuauflage

Herstellung und Verlag: BoD – Books on Demand, Norderstedt

ISBN: 9783749497423

Über den Autor

Alexander Baade stammt aus Hamburg. Zehnjährige Tätigkeit als angelernter Altenpfleger in einer Sozialstation im Norden Hamburgs, zuerst im Rahmen eines Freiwilligen Sozialen Jahres, anschließend im Abend- und Wochenendeinsatz, in Ferienzeiten auch tagsüber. Weitere Nebenjobs als Komparse, Konsumgütertester und Wäscherei-mitarbeiter. Heute Lehrer an einer Brennpunktschule in Hamburgs Süden und Fortsetzung des sozialen Einsatzes auf andere Weise. „Im Garten der fernen Sterne" ist seine zweite Veröffentlichung.

Inhalt

3. Erlebnisse aus der Betreuung

Vorwort

Im Frühjahr des Jahres 1992 bewarb ich mich um ein Freiwilliges Soziales Jahr beim Diakonischen Werk meiner Heimatstadt. Die Bundeswehr wollte mich nicht haben und hatte mich im Winter zuvor untauglich für den Wehrdienst gestempelt. Zivildienst schied somit zwangsweise auch aus. Kurz vor Beendigung der Schule hatte ich nun leicht dilettantisch vor, für einige Zeit trotzdem irgendetwas Sinnvolles *mit Menschen* zu machen. Das war natürlich eine astreine Floskel zur Begründung meiner Planlosigkeit - welche normalen Jobs hatten damals nicht auch irgendwie mit Menschen zu tun? Kurz vor Beginn des Jahres war mir deshalb auch vollkommen unklar, was die Tätigkeit in einer Sozialstation nun genau bedeuten würde. Von Seiten der Diakonie hieß es lediglich, es würde sich um „leichtere Tätigkeiten im Bereich der ambulanten Kranken- und Altenpflege" handeln. Ich hatte trotz der Erklärung eine nur vage Vorstellung und fragte auch nicht richtig nach. Bei den anderen Anbietern für Soziale Jahre klang alles noch schräger; ich wollte keine Bananen in Nicaragua pflücken und auch keine Straßen in Rumänien asphaltieren. Pflege klang generell irgendwie machbar und so ich sagte kurzerhand zu - was konnte schon so schwer daran sein, Pflaster zu kleben oder mal eben jemandem das Gesicht zu waschen? Etwas anderes würde es ja wohl nicht sein, also alles Pillepalle. Hätte ich vorab geahnt, was es heißen sollte, ziemlich unvorbereitet mit Leid, Krankheit und Tod konfrontiert zu werden, ich hätte es mir damals doch vielleicht anders überlegt. Eher hätte ich mich wohl für *nichts mit Menschen* entschieden. Viele Erlebnisse waren sehr schwer verkraftbar. Es dauerte auch recht lange, bis gewisse Schamgrenzen überwunden waren, vermutlich war dies auf beiden Seiten so. Niemand zeigt sich gerne hilflos fremden Blicken.

Nach einem Jahr in der Pflege war es dennoch keine Frage mehr, darin weiterzuarbeiten. Ich wollte es sogar unbedingt. Ein Großteil meiner persönlichen Einstellungen hatte sich verändert, gelegentliches Zaudern oder was auch immer es manchmal war - verflogen. Ich empfand es als Geschenk, anderen Menschen helfen zu können, es fühlte sich richtig und gut an. Eine große Portion Eigentherapie (Gutes tun tat gut und stärkte das Selbst) steckte auch dahinter, geschenkt. Somit ergaben sich schließlich neun weitere Jahre im Abend-, Wochenend- und Semesterferieneinsatz. Alle Erlebnisse dieser Zeit haben sich im Prinzip so zugetragen wie beschrieben, auch die Straßennamen der Betreuungsgebiete in Alsterdorf, Groß Borstel sowie

Winterhude sind authentisch. Lediglich die Namen der Patienten sowie der Mitarbeiter der Sozialstation sind aus verständlichen Gründen derart verändert worden, dass eventuelle Übereinstimmungen mit noch oder nicht mehr lebenden Personen reine und unbeabsichtigte Zufälle wären. Dies betrifft auch alle sonstigen hier erwähnten Personen. Das Alten- und Pflegeheim in Groß Borstel in der Nähe des Flughafens Fuhlsbüttel existiert noch immer, die Sozialstation nicht mehr. Sie wurde vor einigen Jahren geschlossen. Nun befindet sich ein Kindergarten darin.

Diese Schilderung von persönlichen Erlebnissen aus der (Alten-)Pflege ist keine sozialkritische oder gar pflegepolitisch orientierte Anklageschrift. Ich habe ebenso darauf verzichtet, gemeinhin als unangenehm oder gar abstoßend geltende Körperdetails sowie Leidensmomente der Patienten expliziter zu schildern. Dass sich Altenpflege weitaus komplexer gestaltet als hier angerissen, ist jedem Leser klar - und natürlich sind sämtliche Schicksale wesentlich ergreifender als beschrieben werden kann. Gedacht sind diese kurzen Geschichten als mehr oder weniger sinnhafte Unterhaltung, Anregung zum Nachdenken, vielleicht auch Hoffnung machen.

Denen in diesem Buch erwähnten Menschen gilt mein Dank, ihnen ist es gewidmet.

Die Sozialstation

Die Sozialstation lag ganz idyllisch, zwar dicht an einer vielbefahrenen Allee, aber immerhin hübsch umrahmt von hohen Kastanien. Im Herbst ploppten die reifen Früchte auf die Autodächer; falls jemand vor dem Haus parkte, gab's eine kleine Beule im Lack als Souvenir. Irgendwas war ja immer. Das Grundstück war groß, ein hübscher Garten gehörte noch dazu. Gegenüber des Haupteingangs lag eine evangelische Kirche, ein moderner Bau aus den Siebzigerjahren mit entsprechend viel grauen Betonelementen. Schön sah sie nicht unbedingt aus, aber dafür wurde uns der höhere Segen für die mitmenschliche Arbeit frei Haus geliefert. Kirche und Sozialstation waren über eine evangelische Stiftung miteinander verbunden. Die gleiche Stiftung war mehr oder weniger direkt am Betrieb der Alsterdorfer Anstalten beteiligt, diejenige Institution, deren Namen man unwillkürlich etwas gedämpfter aussprach. Genau verstanden hatte ich das Geflecht nicht, musste ich aber auch nicht. Irgendwie hing ohnehin alles mit allem zusammen.

Durch die quietschende Eingangstür betrat man den gefliesten Flur, irgendwann einmal weiß gewesen, war er jetzt grau. Man stand sofort im wuseligen

Treiben. Stimmgewirr aus jeder Ecke des Raums nahm einen sofort in Beschlag. Zig verschiedene Telefone klingelten gleichzeitig und ergaben einen Klangteppich wie auf dem Winterhuder Wochenmarkt. In das Gebimmel mischten sich laute Stimmen der Mitarbeiter, immer bemüht, Antworten auf offene Fragen zu finden. Probleme wurden gelöst, Einsätze verteilt, Streitigkeiten geschlichtet, von allem reichlich und immer gleichzeitig. Kaffeeduft mischte sich mit Zigarettenqualm, Rauchen war damals noch überall erlaubt. Koffein und Nikotin war unser Benzin. Machte man nicht rechtzeitig Platz, wurde man schon mal über den Haufen gerannt, allerdings doch in einer eher sanften Art und Weise. Irgendein Zivildienstleistender war immer zu spät dran und musste sich sputen, Medikamente rechtzeitig auszuliefern oder jemanden pünktlich zum Arzt zu fahren. Vom Eingangsflur aus ging linkerhand die Küche ab, ein beliebter Treffpunkt aller Mitarbeiter. Der Raum sah tagsüber leider aus wie Sau, vermutlich weil jeder schon im Job auf größte Ordnung achten musste. Niemand machte sich noch extra die Mühe, volle Filtertüten zu entsorgen oder durchgesapschte Mülltüten rauszubringen.

Das Chaos schien aber auch egal zu sein – die Stimmung war immer klasse, es gab genügend Klatsch und Tratsch aus der Welt der

Gebrechlichkeit zu berichten. Langweilig oder still war es in der Küche nie. Eine Tür führte auf die Terrasse hinaus, an sie schloss sich der Garten an. Hier fanden die feuchtfröhlichen Feiern der Sozialstation statt, kein Maulwurf traute sich dann mehr in unsere Nähe. Der Flur ging über in einen ersten Büroraum, besetzt von Medizindauerstudent Fred und Lehramtsunterbrecher Rudi. Fred brauchte Geld für seinen roten Alfa Romeo, mit dem er bei der einen oder anderen Krankenschwester punkten wollte. Rudi hatte gerade eine Familie gegründet und brauchte noch mehr Geld. Mit anständigem Studieren war also erst einmal bei beiden nichts. Dahinter schloss sich ein zweiter Büroraum an, hier saßen eng zusammen Frau Brandmann und Frau Langloff, die Einsatzleiterinnen. Frau Brandmann hatte gleich zwei Telefone auf ihrem Schreibtisch stehen und konnte tatsächlich mit beiden gleichzeitig telefonieren. Sie sprach dann gleichzeitig nach rechts und links, also im Prinzip geradeaus. Frau Langloff konnte dafür simultan rauchen, links und rechts ihres klapprigen Computers standen zwei Aschenbecher. Zwei Kippen brannten immer. Sie war mit einem Jugoslawen verheiratet, ihr Spitzname lautete deshalb Frau Rauchić.

Beide wurden in ihrer Arbeit durch Schwester Evita unterstützt oder vertreten (je nachdem, im Zweifelsfall beides). Ihr Schreibtisch lag etwas abseits im Raum, im hinteren Eck fast versteckt neben einer großen Topfpflanze. Schwester Evita hatte knallrotes Haar fast in Hüftlänge und glich nicht nur äußerlich der feurigen Sängerin Milva. Auch sie sprach in ähnlichem Timbre, in einem etwas angerauten Alt, vermutlich herrührend vom Dauerqualm, der in diesem Raum hing. Ihre Sitzposition war aber erfreulicherweise trotzdem sofort auszumachen. Die dunkle Stimme bot einen akustischen Orientierungspunkt wie ein Nebelhorn, ihre Haarpracht leuchtete weithin, in Kombination mit ihrer stattlichen Körpergröße wirkte Schwester Evita wie eine Art menschlicher Leuchtturm.

Von ihrem Raum führte eine kleine Treppe eine Etage höher zu Herrn Zitter, gleichsam auch in der Hierarchie aufwärtssteigend. Er war der Leiter der Sozialstation, ein knorriger Hüne mit stattlichem Bauch. Sein Gesicht war nur schwer zu erkennen, die eine Hälfte wurde von seinem Rauschebart versteckt, die andere Hälfte übernahm ein überdimensioniertes Brillengestell. Die eingesetzten Gläser hätten problemlos auch als Glasbausteine herhalten können. Dank seines lichten Hinterkopfes bestand zweifelsfrei ein guter Draht nach oben, nicht unwichtig für den christlichen Auftrag. Herr Zitter war Diakon ebenso wie Herr Happje, seinem Stellvertreter ein Zimmer weiter. In dessen Raum stand die legendäre Dienstselter, ein Kasten

Selterswasser für brennenden Durst. Altenpfleger Stefan hatte in einem Anflug von Übermut einmal den Inhalt einer Flasche geleert und mit Schnaps aufgefüllt („falls man mal einen nippen muss"). Den Begriff *brennender Durst* hatte er quasi neu interpretiert. „Alkohol ist dein Retter in der Not" oder so ähnlich sang es Herbert Grönemeyer passenderweise vor vielen Jahren, auch wenn er es sicherlich anders gemeint hatte.

In der Sozialstation arbeiteten examinierte und angelernte Altenpfleger(innen) aller Couleur, Krankenschwestern und Krankenpfleger, Ordensschwestern, Zivildienstleistende, ein paar Freiwillige aus dem Sozialen Jahr, Hauspflegerinnen, Sozialpädagoginnen, Diakone und sonstige kirchliche Mitarbeiter(innen). Wir waren eine bunte und lustige Mischung, wie eine Tüte Bonbons. Unsere Aufgabe bestand in der ambulanten Pflege von Alten, Kranken und sogenannten Behinderten, von Menschen, die es alleine nicht mehr so richtig durch den Alltag schafften. Einige wohnten in den Altersheimen unseres Bezirks, andere noch in den eigenen Wohnungen, alle hatten sie unterschiedliche Beschwerden und Bedürfnisse. Gemein war ihnen nur die Zuerkennung einer bestimmten Pflegestufe durch die jeweilige Krankenkasse. Und so sorgten wir je nach Verordnung für eingenommene Voll-

oder Teilbäder, ein vernünftiges Ein- und Auskleiden, eine gute Liegeposition im Bett, eine gute Sitzposition im Sessel, eingecremte Haut, gekämmte Haare, regelmäßiges Duschen, Hilfe beim Essen und Trinken, einen erledigten Haushalt, geputzte und gelüftete Räume, gewaschene Kleidung, zubereitetes und genießbares Essen, portionierte und tatsächlich eingenommene Medikamente, gereinigte Gebisse, aufgetragene Salben, wir behandelten und verbanden Wunden, setzten Spritzen, trösteten und unterhielten, unterstützen, wickelten, maßen Blutdruck und Vitalwerte, säuberten Schläuche, Katheter, Sonden, tauschten diese aus, bewegten versteifte Gelenke, stimulierten verkümmerte Muskeln, führten Patientenbögen, sortierten Papiere, schrieben Anträge, setzten uns mit Ärzten, Krankenkassen, Ämtern und allen möglichen Institutionen auseinander, gingen in die Apotheke, den Supermarkt, die Reinigung, zum Bäcker und den Tante-Emma-Laden um die Ecke, den nächsten Kiosk, sprachen mit nahen und fernen Angehörigen und Nachbarn, lachten und weinten und sangen manchmal zusammen, verbrachten wertvolle Zeit miteinander, führten schließlich Sterbebegleitungen durch, kurz – taten das, was man Pflege nennt.

Ich kann rückblickend nur hoffen, dass uns alles das einigermaßen gut gelungen ist.

1. Erlebnisse aus dem Altersheim

1. Herr Nasske

Herr Nasske gehörte zu einer Gruppe außergewöhnlicher Patienten des Altersheims in Groß Borstel. Sie fielen einem schon vor dem ersten Kennenlernen auf - bei zufälligen Begegnungen irgendwo auf dem parkartigen Gelände gab es dazu ausreichend Anlässe. Entweder schauten sie jeden Besucher mit leeren Blicken starr an oder begannen, einem unvermittelt Belanglosigkeiten zuzurufen. Offensichtlich war im Oberstübchen inzwischen einiges leicht durcheinandergeraten. Wie sollte man darauf reagieren? Nichts sagen ging aus Respekt eigentlich nicht, aber Antworten führten auch zu nichts. Meist grinste ich kurz und winkte zurück, wollte bloß schnell weg. Manchmal wurde es aber auch ganz lustig. Die Zurufe erinnerten dann an die Beschimpfungen Käpt'n Haddocks aus der Comicserie Tim und Struppi („Du Regenschirm!", „Guck' nicht so, du alter Tintenfisch!"). Manchmal fuchtelten sie auch wild mit den Armen und zeigten auf Dinge, die nur sie selbst sehen konnten. Bei Herrn Nasske war es ähnlich, nur dass er weder durch Blicke oder Worte Aufmerksamkeit erregte. Er stand meist alleine an dem einzigen Zebrastreifen des Heims und schaute sich in alle Richtungen wirr um. Beim Überqueren der Fahrbahn drehte er sich dann mehrfach um sich selbst. Sein Gesicht schien dabei komplett angsterfüllt, die Mundwinkel zeigten verzerrt nach unten. Seine Haare standen ihm oft hoch zu Berge und man sah, dass er sie wohl selbst schnitt. Nichts an der Frisur passte zusammen. Er hielt sich immer an einem alten Gehstock fest und es wirkte so, als wolle er diesen um keinen Preis mehr hergeben. Vielleicht hatte er auch Angst, der Wind würde ihn davontragen. Herr Nasske brauchte Hilfe bei alltäglichen Aufgaben. Man musste ihn hierbei in allem Möglichen unterstützen, ihm das Essen zubereiten, darauf achten, dass er seine Medikamente nahm, dafür sorgen, dass sein Zimmer halbwegs ordentlich blieb und er heil durch den Tag kam. Blieb noch etwas Zeit übrig, so war es gewünscht und üblich, ihn noch ein wenig auf seinen Spaziergängen rund um das Heim zu begleiten.

Im Laufe der Zeit lernten wir uns durch zahlreiche Einsätze besser kennen und so konnten wir vieles miteinander bereden. Es fühlte sich für mich manchmal so an, als würde sich ein entfernter Onkel mit mir unterhalten. Herr Nasske erzählte vom Leben im Heim oder von den Dingen, die ihn ansonsten beschäftigten. Er war ein versierter Kenner der Fußballbundesliga und blühte auf beim Erzählen von Anekdoten aus einer Zeit, in der ich den Kindergarten besuchte oder noch nicht einmal das. Wer schoss das erste Tor der neugegründeten

Bundesliga? Timo Konietzka, Borussia Dortmund. Wie hoch gewann Borussia Möchengladbach gegen Real Madrid im Jahre 1976 im Europapokal der Landesmeister? Leider gar nicht. In welcher Minute schoss Felix Magath 1983 das entscheidende Tor im legendären Spiel des HSV gegen Juventus Turin? In der neunten, Linksschuss. Welche Zigarettenmarke rauchte Ernst Happel? Austria Imperial ohne Filter. Ich revanchierte mich mit eher belanglosen Geschichten aus der Station und ein wenig von dem, was mich damals sonst so beschäftigte (gleichzeitig alles und nichts - was dachte man schon Vernünftiges mit Anfang zwanzig?). Wir waren uns sympathisch und es entwickelte sich bald eine solide Vertrauensbasis. Irgendwann traute ich mich, ihn nach dem Grund seines Aufenthaltes zu fragen. Auch er fasste sich ein Herz und schilderte mir, wie es dazu kam.

Aufgrund des Versagens eines unachtsamen Autofahrers war seine Frau vor einigen Jahren bei einem Verkehrsunfall gestorben, sie war beim Überqueren einer Straße überfahren worden. Ihm war es bald kaum mehr möglich gewesen, den eigenen Haushalt zu führen und infolge seiner eigenen Unaufmerksamkeit hatte er eines Tages vergessen, den Elektroherd in seiner Küche auszuschalten. Dadurch war ein Kabelbrand entstanden und sein Haus letztlich komplett abgebrannt. Den eigenen kleinen Einzelhandel in Groß Borstel hatte er nicht mehr weiterführen können und damit auch seine Lebensgrundlage verloren. Schließlich war er selbst auf einem Zebrastreifen von einem Auto angefahren worden. Die erlittenen schweren Kopfverletzungen hatten ihm ein selbstständiges Leben unmöglich gemacht. All dies war innerhalb nur eines einzigen Jahres passiert. Seine Marotte, sich vor dem Überqueren einer Straße mehrfach um sich selbst zu drehen, rührte her vom Trauma zweier unmittelbar erlebter schwerer Unfälle.

Herrn Nasskes Geschichte wirkte wie ein Hammerschlag, sie ließ mich nicht mehr los. Bei meinem nächsten Einsatz, einem ruhigen Sonntag, fragte ich ihn vor meiner Mittagspause, wann er das letzte Mal einen Spaziergang außerhalb von Groß Borstel unternommen hatte. Er wusste es nicht mehr genau, es könnten viele Jahre gewesen sein. Ich lud ihn kurzerhand ein, in meinem Auto – dem geliehenen, altehrwürdigen Audi 80 meines Vaters – einen Ausflug an die Außenalster zu unternehmen. Es war natürlich streng verboten, Patienten privat zu befördern, doch nach dem Hören seiner Geschichte war mir das egal. Wir setzten uns in den Wagen und fuhren etwa eine halbe Stunde bis zum Fähranleger „Rabenstraße". Während der Fahrt durch die Stadtviertel Hamburgs sagte Herr Nasske kaum ein

Wort. Er wurde stiller und stiller, je näher wir uns dem Ziel näherten. Am Parkplatz angekommen, hielt er für einen Moment vollkommen still. Es fiel ihm nicht leicht, die Autotür zu öffnen, doch dann er griff beherzt nach seinem Gehstock und stieg selbstständig aus, ließ es sich auch nicht nehmen, die Beifahrertür eigenhändig zu schließen. Wir nahmen nach ein paar Schritten als Erstes auf einer nahegelegenen Bank Platz. Schweigend genossen wir den Blick auf Hamburg. Herr Nasske sah den Schwänen nach und blickte auf die Segelboote. Er sei früher gelegentlich selbst gesegelt und so fing er bereitwillig an, mir noch einiges über die unterschiedlichen Bootsklassen zu erläutern. Zum passenden Verhalten bei unterschiedlichen Wind- und Wellenverhältnissen wusste er einiges zu berichten. „Es ist schön heute", sagte Herr Nasske. Die Alster bot tatsächlich ein malerisches Bild mit ihrem dunkelblauen Wasser und den weißen Segeln darauf. Himmel und Wolken leuchteten in den gleichen Farben, luftig und hell und sonnig. Wir hingen noch ein wenig unseren Gedanken nach und genossen das Panorama. Später gingen wir ein paar Schritte in Richtung „Bodos Bootssteg", kehrten dann aber bald wieder um. Es war Zeit für die Rückfahrt zum nächsten Patienten.

Für einen Augenblick blieb Herr Nasske plötzlich frei auf dem Fußweg stehen und sah mich kurz an.

Der Wind fuhr wieder durch seine Haare, dann schwang er seinen Gehstock mit beiden Händen hoch in die Luft. Jetzt lachte er lange über das ganze Gesicht. Er drehte sich wieder im Kreis, aber diesmal tänzelnd, aus tiefer Freude heraus. Seine Arme zitterten stark, es steckte offensichtlich so viel Kraft in ihnen, dass er einen Baum hätte ausreißen können.

Ein Segelboot auf der Hamburger Außenalster (Fotografie)

2. Polnisches Essen ist gutes Essen

Zu dem Altersheim in Groß Borstel gehörten außer dem großen Haupthaus, einem typischen Rotklinkerbau aus den Zwanzigerjahren, noch ein separates, geschlossenes Pflegeheim sowie einige schmale Laubengänge. Sie verbanden den gesamten Komplex miteinander und führten zu kleinen barackenartig angelegten Einzelwohnungen. Irgendwie passten diese Buden zur Atmosphäre eines Heims und dann wieder doch nicht. Ein wenig Abgeschiedenheit mischte sich mit der Idee, doch miteinander auszukommen. Allesamt waren sie schon äußerlich eher schmucklos und in vielen Fällen innen auch genauso eingerichtet. Wer sich ein Zimmer in dem großen Gebäude nicht leisten konnte, musste hiermit Vorlieb nehmen. Frau Jablonska lebte hier mit ihrer Tochter (sie hieß passenderweise auch Frau Jablonska) schon seit vielen Jahren. Sie seien beide Spätaussiedlerinnen, so sagten sie zumindest. Ich war mir unschlüssig darüber, ob sich ihre Lebenssituation nun grundlegend verbessert hatte. In dieser öden Umgebung galten sie garantiert nicht als Deutsche, die Akzeptanz unter den hiesigen Weltkriegsveteraninnen war vermutlich eher mau. Beide sprachen neben Polnisch das etwas antiquierte

Deutsch der ehemaligen deutschen Minderheit in Polen, mit rollendem „r" und einem hörbaren „i" anstelle eines „ü". Zurück hieß „zurick", viele Grüße waren „viele Grieße", viele Grüße zurück klang nach „viele Grieße zurick". Grießknödel hießen aber trotzdem nicht umgekehrt „Grüßknödel", obwohl es in diesem Falle gut gepasst hätte. Beide Frau Jablonskas verkörperten dieses Wort bildlich, sie sahen beide ein wenig aus wie überdimensionierte, sehr freundliche Knödel.

Für mich als Außenstehendem war es anfangs kaum zu erkennen, wer nun eigentlich pflegebedürftig war. Beide Damen glichen sich in Aussehen und Verhalten. Sie waren ausgesprochen rüstig und quicklebendig und sahen obendrein pflegeuntypisch im Gesicht leicht rosig aus. Ihre Wohnung war mit sympathischem Nippes vollgestellt, auch hier wurde es sich gemütlich gemacht. Auf einer der Fensterbänke waren mehrere Fotos aufgestellt, darunter auch ein leicht vergilbtes Familienfoto. Es zeigte neben den beiden Damen noch eine Tochter der jüngeren Frau Jablonska. Insgesamt kamen mir die Drei wie eine Art polnische Version der weltberühmten Matrjoschkapuppen vor. Vermutlich war die abgebildete Tochter inzwischen selber Mutter und die jüngere Frau Jablonska eigentlich die Oma. Nun freuten sie sich jedenfalls sichtlich auf das bevorstehende Mittagessen, ein herzhafter

Geruch lag bereits in der warmen Luft. Vorher allerdings hatte ich meinen Einsatz zu erledigen. Es ging nur um die Medikamentengabe und eine kurze Blutdruckkontrolle, nichts Schwieriges. Ich gab Frau Oma oder Uroma Jablonska die Tabletten, maß den Blutdruck und trug die Werte in die grüne Patientenmappe ein. Wir unterhielten uns alle drei noch ein wenig über dies und jenes, ein wenig Klatsch und Tratsch. Die Zeit war um, ich wollte schon gehen, doch auf dem Weg zur Tür hielt mich die jüngere Frau Jablonska kurz zurück.

Ob ich nicht noch ein Happen vom Mittagessen haben möge, es sei gleich fertig und „Polnisches Essen ist gutes Essen". Klasse, so hatte ich mir die als vorbildlich gepriesene osteuropäische Gastfreundschaft immer vorgestellt. Ich sagte spontan Ja, denn ich hatte Hunger und wollte den beiden doch irgendwie gerne Gesellschaft leisten, sie hätten bestimmt einiges aus ihrem Leben zu erzählen. Außerdem war ich schon einige Male in Polen gewesen (Danzig, Warschau, Krakau, auch Breslau, auf Polnisch wie *Wrotzlaff* klingend) und hoffte, meine oberflächliche Ortskenntnis wissend anbringen zu können. In Breslau durfte ich nach einem Sportfest einmal miterleben, wie polnische Sportler miteinander gefeiert hatten. Wäre die Disziplin Trinksport olympisch, alle Medaillen gingen in dieses famose Land.

Ich durfte an einem Tisch mit gleich zwei aufliegenden Tischdecken Platz nehmen, die oberste davon wirkte kunstvoll geklöppelt oder zumindest sehr aufwendig gehäkelt. Wenn das Essen ebenso kunstvoll zubereitet sein würde, hätte sich das Warten in jedem Falle gelohnt (dachte ich verschämt).

Dann kam das Essen auf den Tisch. Es bestand für jeden von uns aus einer großen Scheibe Weißbrot, auf der zuerst eine dicke Lage Schmalz und danach eine Lage Senf die Grundlage bildeten. Darüber war zerkochtes Hähnchenfleisch verteilt, auch solches, das nicht unbedingt als Fleisch erkennbar war. Eigentlich war es mehr Fett als Fleisch. Obendrauf lag in groben Krümeln abschließend noch reichlich Salz. Die jüngere Frau Jablonska langte tüchtig zu und vergas beim Essen die Welt um sich herum. Sie sagte nichts und schien auch nichts zu bemerken, ich hörte nur Zufriedenheit, die sich aus jedem einzelnen Bissen lautstark entwickelte. Zu trinken gab es Leitungswasser aus brüchigen Plastikbechern. Beide Frau Jablonskas schenkten sich zusätzlich noch einen ein, hochprozentig riechend, vom Doktor verschriebene reguläre Medizin war es sicher nicht. Ich tippte auf Danziger Goldwasser in einer Ausführung ohne Gold. Kichernd prosteten beide sich gegenseitig und auch mir zu. Die Gesichter der beiden Damen Jablonska wurden nun noch rosiger.

Irgendwie schaffte ich es, etwas von dem Essen herunterzuwürgen und dabei nicht vom Stuhl zu kippen. Papst Karol Woytiła stand mir gnädigerweise bei (sein Antlitz lächelte jeden Besucher aus einem verzierten Bilderrahmen aufmunternd an). Ein wenig Gnade sprang auf mich über, ich lächelte ebenfalls und freute mich wirklich über den eigentlich absurden Moment. Dann wurde es Zeit zum Aufbruch. Ich bedankte mich artig, wünschte weiterhin alles Gute und lobte die mir dargebotenen Kochkünste. Die jüngere Frau Jablonska brachte mich grinsend zur Tür. „Do widzenia" sagte ich vollgestopft und betrat den Laubengang. Ein wenig Erlösung lag in der Luft.

Nach dem Mahl schwankte ich in Eddys Kiosk im Haupthaus gegenüber und aß ein kleines Schokoeis mit Sahne und Streuseln gegen den Nachgeschmack, der sich wie klebriger Mehltau über meinen kompletten Gaumen gelegt hatte. Eddy lullte mich wie üblich mit irgendeiner Klatschgeschichte über abgedrehte Heimbewohner ein. Alles hätte gut ausgehen können, wenn nicht plötzlich noch zwei rollatorgetriebene Damen aus dem Haupthaus um die Ecke gekommen wären – ihre Bestellungen bei Eddy waren vielfältig, ich hörte so etwas wie Blutwurst, Griebenschmalz und Schweinesülze, mir wurde speiübel, es ging wirklich immer noch eine Stufe schlimmer.

3. Und dann so'n schwatten Düvel!

Endlich war Mittagspause zwischen der Vormittags-
und der Nachmittagsschicht, das gesamte Heim kam
eindösend langsam zur Ruhe und ich wollte
dasselbe. Ein kurzer Ausflug in den nahen Park
gegenüber kam mir heute irgendwie nicht in den
Sinn. Ich latschte stattdessen quer durch das
Gebäude und setzte mich in einen der einigermaßen
bequemen Sessel in einem der vielen Flure des
Heims. Richtig entspannen konnte man hier
trotzdem nicht richtig, irgendwo knatschte immer
eine Tür oder ein Heimbewohner schrammte hörbar
mit der Gehhilfe an der Wand entlang. Manchmal
schien sich auch jemand auf der Fernsehbedienung
zu verdrücken und dann tönten irgendwelche
grausige Melodien („Seeehnsucht heißt ein altes
Lied der Taiga") oder Wortfetzen aus Werbeclips in
Überlaustärke durch die Gänge („Ich nehme
Mondamin-Fix-Soßenbinder, weil er fix Soßen
bindet"). Etwas schwerhörige Patienten telefonierten
gelegentlich akzentuierter als gemeinhin üblich, was
den Begriff „Flurfunk" inhaltlich etwas erweiterte.

Mein Sessel stand als Teil einer größeren Sitzgruppe
in einer abgelegenen Ecke des Flurs. Sessel und Sofa
waren mit grobem Stoff beige bezogen und hatten
schon bessere Tage gesehen. Die Stofffarbe

changierte von hellgraugelb nach dunkelgelbgrau. Meine Sitzhaltung ging langsam über von lasch senkrecht zu nahezu waagerecht, die Spannung wich angenehmer Schlaffheit. Meine Augenlider hielt nicht mehr viel offen. Aus den Augenwinkeln konnte ich grade noch fünf grauhaarige Damen hinzuschlendern und die Sitzgruppe in Besitz nehmen sehen, offenbar war es ihr Stammplatz. Sie empfanden mich und somit empfand auch ich mich selbst als Fremdkörper und war nun ganz klar fehl am Platze. Es dauerte auch nicht lange, dann folgte mit feinstem Hamburger Akzent die erste Bemerkung zu meiner Sitzhaltung (der löchrigen Jeans, dem unrasierten Gesicht, der fraglichen Frisur). Ich wollte nicht genau hinhören und versuchte, rasch wegzudösen. Weit weg vom angestrebten Zustand war ich ohnehin nicht mehr entfernt. Das klappte aber trotzdem nicht.

Nach einem Umweg über das neue Apfelkuchenrezept von Frau Schlönzke aus dem dritten Stock („Sie nimmt viel zu viel Zucker!"), der neuesten Romanze von Tony Marschall („Der kann nicht stillhalten!"), dem für die Jahreszeit viel zu schlechten Wetter („Man muss aber auch an die Obstbauern denken!") und dem zu feschen Aussehen der neuen bulgarischen oder polnischen oder tschechischen, naja, jedenfalls Ostblock-krankenschwester („Oh, Gottogottogott!") kam das

Gespräch schließlich doch wieder auf mich zurück. Ich war hellwach. Es entspann sich anfangs eine halbwegs versöhnliche Abfolge an Aussprüchen: „Die Pfleger werden immer jünger!", „Und immer größer!", „Und immer hübscher!", „Ach, und dann so'n schwatten Düvel!" Ich grinste in mich hinein, schwarzer Teufel, fand ich irgendwie lustig. Heinz Rühmann zog also gegen Rudolph Valentino damals doch den Kürzeren. „Vielleicht 'n Ausländer".

Oh nein, der letzte Satz war Quatsch, ein klares Missverständnis. Auch schon früher, beispielsweise zu Zeiten üblen Furors, waren schwarze Haare nicht zwingend ein Hinweis auf eine ausländische Herkunft gewesen. Umgekehrt waren nicht alle Blonden automatisch deutsch. Die Ostblock-krankenschwester war zudem Rumäniendeutsche wie Peter „Hallo Frrreunde" Maffay (gut, er war oder ist prinzipiell vielmehr Rumäniendeutsche*r*) und ich war oder bin Hamburger Jung', seit es mich gibt. Die Mittagspause war endgültig im Eimer, vielleicht gab es woanders eine freiere Sitzecke. Vorher wollte ich noch etwas geraderücken. „Joh, denn mutt ik mol wedder!", sagte ich, diesmal aus mir herausgrinsend. Zwei Besuche im Ohnsorg-Theater mit meiner Großmutter waren nicht umsonst gewesen! Ich schälte mich aus dem Sessel, wünschte allseits noch einen schönen Tag („Schöntachnoch"), hörte fünfmal eine gleichlautende Antwort

(„Schöntachauch") und machte mich schleppend auf den Weg, genau eine Handvoll verblüffter grauer Gesichter hinter mich lassend. Ich hörte noch so etwas wie „Ilse, das hätt' ich ja nich' gedacht!" und „Oh, ne, also nein!" Am liebsten hätte ich zur allgemeinen Verwunderung noch kurz das Hamburger Volkslied „An de Eck steiht 'n Jung mit 'n Tüddelband" angestimmt, hatte aber leider nur den ollen Refrain im Kopf und auf dem Weg zum nächsten Einsatz auch den schon wieder vergessen.

Spätnachmittags fand noch eine Dienstbesprechung in der Sozialstation statt. Einmal pro Woche trafen sich die Mitglieder jedes Pflegeteams in dem dafür vorgesehenen, sehr funktional eingerichteten Raum (ein Tisch, acht Stühle, Wandkalender in Plakatgröße, fertig) und gingen die einzelnen Patienten durch, besprachen, wo was warum und wie beachtet werden sollte („Herr Krampe bekommt ab sofort keine Digimerck-Tabletten mehr", „Frau Ohmsen hat jetzt nur noch Pflegestufe eins"). Zur allgemeinen Auflockerung brachten wir meist etwas Selbstgebackenes oder zumindest Selbstgekauftes mit und stärkten uns einigermaßen lecker, je nachdem. Schwester Gundula hatte heute einen merkwürdig dunkel aussehenden Salat zubereitet, es war nicht ganz klar, um was es sich handelte. Sie berichtete voller Stolz: „Das ist Kartoffelsalat, gemacht aus ‚Schwarzer Teufel', festkochend, kriegst du nur noch selten. Hab' ich vom Wochenmarkt an der Isestraße". Klasse, Kartoffeln waren irgendwie typisch deutsch, der Name passte auch wie die Faust aufs Auge, ich aß die halbe Schüssel leer.

Seniorenwohnzimmer (sehr persönliche Fotografie)

4. Ein vielleicht letzter Ausbruch

Der letzte Einsatz war soeben erledigt. Ich trat ein wenig müde und wackelig durch die Eingangstür des Heims hinaus in den Abend in Groß Borstel. Es roch angenehm nach feuchtem Laub, Herbstrauch lag in der Luft. Die Eichen auf dem Grundstück hoben sich abends nun kaum mehr gegen den Himmel ab, die ganze Umgebung wirkte um diese Zeit immer wie schwarz angemalt. Das Landegeräusch einer Maschine auf dem Flughafen Fuhlsbüttel verhallte langsam, ansonsten war es nahezu still. Ich atmete einige Male tief durch und ging zu meinem Fahrrad, es stand angeschlossen wie immer neben dem graulackierten Treppenaufgang. Beim Aufschließen des Schlosses horchte ich kurz auf, irgendein Geräusch passte nicht. Es schien so, als wimmerte irgendjemand leise. Ich sah mich vorsichtig um. Eine weißhaarige Frau stand plötzlich barfuß auf dem Rasen vor dem Parkplatz des Heims, dicht neben mir. Bekleidet nur mit einem hellrosa Nachthemd, die Haut ebenfalls fast weiß, erschien sie mir wie eine Art Geist. Sie musste sich versteckt haben, denn ich hatte beim Verlassen des Heims niemanden gesehen oder gehört. Ihre Augen waren weit geöffnet und wirr, es schien, als wolle sie etwas sagen, doch sie brachte kein einziges Wort hervor.

Sie ruderte nur mit den Armen hin und her und fing an, noch lauter zu wimmern. Ich wusste nicht recht, wie ich helfen konnte, fragte nur naiv, *ob* ich helfen könne. Natürlich gab es darauf keine Antwort, doch irgendetwas wollte und musste ich sagen. Jetzt fing die Frau an zu zittern, aus dem Wimmern wurde ein leises Kreischen, sie trat näher an mich heran. Ich wich einen Schritt zurück und blickte mich leicht mulmig um. „Kann ich Ihnen helfen?" – die nochmalige Frage war eigentlich Quatsch. Im Büro des Heims brannte ohnehin kein Licht mehr, von dort war also keine Hilfe zu erwarten. Eine Schwester zu suchen kam auch nicht in Frage; bis ich eventuell eine gefunden hatte, war die Frau sicherlich ebenso schnell verschwunden, wie sie aufgetaucht war. Was also tun? Kollege Stefan war meine Rettung, wie so oft. Auch er hatte Dienstschluss und verließ das Heim leicht stolpernd in Richtung seines alten Benz. Sich abwesend noch eine Kippe anzündend, bemerkte auch er zunächst nichts und niemanden, doch dann kam er auf uns zu.

Ihm war sofort klar, was passiert war. Die Dame musste aus dem benachbarten geschlossenen Heim für Schwerstpflegefälle weggelaufen sein. Hilflos irrte sie nun umher und fand den Weg nicht mehr zurück. Oder vielleicht wollte sie auch nicht zurück? Für ausgeschlossen hielten wir es nicht. Nicht alle Altersheimbewohner waren restlos freiwillig hier. Es gab nicht wenige Fälle, in denen die Kinder beschlossen hatten, dass ihnen die eigenen Eltern nicht mehr zur Last fallen sollten. Bei Pflegeheiminsassen spielte der vielleicht noch verbliebene Patientenwille praktisch keine Rolle mehr. Es geht nicht anders, so ist es am besten, versetzen Sie sich bitte in unsere Lage (hieß es dann häufig; ich mochte mir kein Urteil anmaßen). Stefan wies qualmend auf das Gebäude des Pflegeheims. „Wir müssen sie zurückbringen", sagte er zu mir. „Wir müssen Sie zurückbringen", sagte er zu ihr. Wir probierten es mit sanftem Zureden und mit einer noch sanfteren Drehung der Schultern in die richtige Richtung. Die Frau guckte weiterhin mit aufgerissenen Augen umher, schien aber irgendwie doch einverstanden mit unserem Vorhaben zu sein. Sie ging mit kleinen Trippelschritten voraus und blieb kein einziges Mal stehen.

Schließlich erreichten wir den soliden Eingang des Pflegeheims, zwei hektische Pflegerinnen waren schon in Aufruhr und kamen uns auf dem Flur entgegen gespurtet. Dass sie noch zu später Stunde über ausreichend Elan in allen Lebenslagen verfügten, war offensichtlich. Eine der beiden Pflegerinnen sah der bekannten osteuropäischen Kugelstoßerin Anna Bolika zum Verwechseln ähnlich, die andere verströmte die Contenance einer Ballerina und sah auch so aus, die Gegensätze hätten nicht größer sein können. Zumindest deren Augen waren gleich weit aufgerissen, das Verschwinden der verwirrten Dame war nicht unbemerkt geblieben. Der Ausflug (oder war es ein Ausbruch?) hätte auch ganz anders enden können. Für unsere Hilfe erhielten wir einen großen Dank, Stefan wollte die angespannte Situation mit einem Scherz auflockern, doch niemand lachte. Dann wurde uns die Entschwundene beherzt abgenommen und wegbegleitet. Sie sah sich nicht um und setzte ihren Trippelgang unbeirrt fort. Trotz der geretteten Situation blieb ein mulmiges Gefühl zurück, Stefan sah es, doch sein Versuch mitfühlender Worte („Weißt du, irgendwann…", „Da kannst du wenig machen…") konnten mich nicht ablenken. Das Heim hätte rein äußerlich anstatt einer Pflegeeinrichtung auch als Seniorenhaftanstalt durchgehen können, doch was konnte ich über das Innenleben schon wirklich wissen? Im Stillen wünschte ich der blassen Frau trotzdem alles Gute, vielleicht noch ein paar spannende Momente wie heute.

Stefan schlurfte zu seinem Auto und fuhr knatternd in Richtung Feierabend davon. Ein weiteres Flugzeug setzte nicht weit weg zur Landung an. Unter den Tragflächen blinkte es mehrfarbig, es sah aus wie eine fliegende Diskokugel. Dann wurde es wieder komplett still und ich hatte den Eindruck, als hätte das Schwarz auch alle Geräusche verschluckt.

5. Frau Schönberg und meine Tante

Frau Schönberg lebte in einer der etwas geräumigeren Wohnungen des Heims. Sie bestand immerhin aus einem Flur, einem gleichzeitigen Wohn- und Schlafzimmer, einem Bad und einer kleinen Kochnische. In vielen anderen Wohnungen des Heims wurde selbst dieser schmale Zuschnitt noch um ein Zimmer reduziert, dann befand man sich praktisch gleich im einzigen, somit für fast alles genutzten Zimmer. Diese Art der größeren Unterkünfte war in den oberen Stockwerken des Heims untergebracht, sie lagen etwas abseits. Frau Schönberg lebte passenderweise ebenfalls recht abseits und zurückgezogen, fast ohne Kontakt zu den anderen Heimbewohnern. Eine andere Person außer ihr selbst hatte ich in ihrer Wohnung noch nie angetroffen. Unglücklich wirkte sie deshalb jedoch nicht, sie schien sich einfach nur nicht viel aus möglichen sozialen Kontakten im Heim zu machen. Vielleicht konnten sich auch schlichtweg keine passenden Bekanntschaften zu anderen Bewohnern ergeben. Trotz der allgemeinen räumlichen Enge des Heims sah es immer so aus, als lebte man hier doch letztlich für sich alleine. Fand ich wirklich schade. Meist hörte Frau Schönberg auf ihrem Sofa sitzend klassische Musik aus dem Radio (irgendwas auf

NDR 3, „Und das war der dritte Satz aus dem Concerto Numero vier für fünf Violinen und sechs Violoncelli allegro andante forte von Johann Sebastian Bach") und rauchte dabei Kette. Zur Sicherheit lagen drei bis vier Päckchen Zigaretten sauber aufeinandergestapelt neben einem altmodischen Aschenbecher mit automatisch drehbarem Druckverschluss. Man drückte drauf und es sah in etwa so aus, als flösse die Asche wie Wasser aus einer Spüle mit einem einzigen Schwung in den Abfluss. Eine meiner Tanten hatte so ein Ding ebenfalls, es war vor vielen Jahren wohl einmal ganz modern gewesen. Als Kind jedenfalls durfte ich manchmal begeistert darauf rumdrücken. Neben den Kippen befanden sich immer gleich zwei Feuerzeuge der Plastikmarke BiC, sicherlich aus Eddys Kiosk neben dem Essraum.

Nach einem Schlaganfall hatte Frau Schönberg ihr Sprachvermögen fast vollständig verloren. Sie sagte nur wenig, und wenn, dann hatte sie überaus große Mühe, sich verständlich zu machen. Man musste wirklich sehr gut hinhören, um zu verstehen, was sie sagen wollte. Gelang dies nicht, musste man sich entscheiden - war es besser, einfach nett zu grinsen und selber weiter zu plappern oder aber ehrlich zu antworten, dass man nichts verstanden hatte? Dann musste sie sich mühsam anstrengen, alles ein zweites Mal zu formulieren, was man ihr gerne ersparen wollte. Irgendwie kam meist ein lauer Kompromiss dabei heraus. „Hm, ja, haha, so, jetzt gebe ich Ihnen mal die Tabletten". Gut fühlte sich das nie an, außerdem bemerkte sie es. Das Pensum bei Frau Schönberg war leicht und angenehm zu bewältigen, man musste ihr lediglich bei der Grundpflege helfen und die Mahlzeiten zubereiten. Außerdem war wie überall darauf zu achten, dass sie ihre Medikamente vollständig einnahm. Gingen ihr wider Erwarten doch einmal die Zigaretten aus, so musste entweder unten bei Eddy oder aus dem Automaten im Erdgeschoss des Heimes für Nachschub gesorgt werden.

An irgendeinem Sonntagnachmittag hatte Frau Schönberg für mich überraschend doch zahlreichen Besuch erhalten. Beim Eintreten in ihre jetzt komplett verqualmte Wohnung grüßten mich vom Sofa aus vier überaus wackere grauhaarige Senioren (inklusive vier wippenden Brillen). Es waren eindeutig keine Heimbewohner, dazu wirkten sie zu herausgeputzt in ihren gestärkten Hemden und der einen gerüschten Bluse. Außerdem kamen mir die Gesichter fremd vor. Die meisten Insassen liefen tagsüber eher leger durch die Gegend, tendenziell bildete der Bademantel das meistgetragene Kleidungsstück. Frau Schönwald ließ es sich nicht nehmen, uns einander vorzustellen. Das fiel ihr hörbar schwer, die Namen der Gäste waren nicht zu verstehen. Dankenswerterweise wiederholten die Herrschaften ihre Namen von sich aus (mein peinliches „Hm, ja, haha, so..." konnte ich mir also ersparen). Ich freute mich sehr über ihren Versuch, ein Gespräch zustande zu bringen, was schließlich auch langsam gelang. Wir unterhielten uns zunächst oberflächlich über alles Mögliche, viel Alltägliches und Profanes, kamen dann aber recht schnell auf gesellschaftliche und politische Themen zu sprechen, vielleicht ein Kennzeichen der Generation meiner Großeltern. Auch bei ihnen ging es irgendwann doch wieder um die großen Fragen des mitmenschlichen Zusammenlebens.

Wie sich nach und nach herausstellte, kamen sämtliche Herrschaften ursprünglich aus Hamburg, klasse, ich auch, ein weiterer Berührungspunkt war sofort gefunden. Sie waren zu Zeiten der Weimarer Republik und noch danach Mitglieder der Kommunistischen Partei Deutschlands gewesen. Sie kannten sich also seit Ewigkeiten untereinander. Ich beschrieb und erwähnte meine seit langem verstorbene Tante Klara mit vollständigem Namen, auch sie gebürtige Hamburgerin und im Jahre 1935 aus politischen Gründen nach Moskau emigriert. Leider konnte sich niemand an sie erinnern. Ich schob nach, sie sei ihrem damaligen Verlobten, einem Kader der Hamburger Parteisektion, nach Moskau gefolgt. Beide hatten sich anfangs in der

Kommunistischen Partei der Sowjetunion engagiert, danach hatten politische Unruhen und das Schicksal sie dauerhaft getrennt. Hätten sie es nicht, wäre er vielleicht ein leibhaftiger Onkel und Teil meiner Familie geworden. Ich nannte deutlich seinen vollständigen Namen, fragte, ob dieser ihnen vielleicht etwas sagen würde. In der späteren Sozialistischen Einheitspartei Deutschlands war er zudem kein ganz Unbekannter gewesen, hatte später sogar in einer größeren Stadt in Mecklenburg-Vorpommern ein bedeutsameres Amt innegehabt.

Frau Schönberg blickte fassungslos hoch und hörte abrupt auf zu rauchen. Ihre Hand sank herab, dann rutschte ihr die Zigarette aus den Fingern. Ich hob sie vom Boden auf und setzte mich zu ihr auf das Sofa. „Kenn' ich, kenn' ich!", rief sie aus und fing an zu weinen. Wir nahmen uns beide bei der Hand und sahen uns sprachlos an. Ich konnte es kaum glauben, ein unglaublicher Zufall. Dann sah ich erwartungsvoll zu dem Quartett hinüber, dachte, auch sie würden ihn gekannt haben, es hätte gepasst. Einer der älteren Herren lächelte mir jedoch nur schmallippig zu, sagte aber kein Wort. Ein anderer griff fahrig nach seinen Zigaretten und zündete sich eine weitere an. Tief inhalierend betrachtete er qualmend die Decke, aber auch er brachte nichts hervor. Der dritte Herr schwieg ebenfalls und guckte abwesend an mir vorbei. Die einzige Dame in der

Besucherrunde blickte sich hilflos um, als hätte sie hier irgendwas verloren. Nichts an den Reaktionen passte zusammen, sie wirkten genauso so schwach wie das „Hm, ja, haha, so…". Entweder kannten sie ihn alle oder taten so, als kannten sie ihn nicht oder beides. Irgendeine Beziehung mussten sie jedoch zu ihm gehabt haben, dazu wirkten ihre Reaktionen zu gekünstelt, zu gewollt unwissend. Was es mit Denunziation, Verfolgung und stalinistischem Irrsinn innerhalb der Kommunistischen Parteien auf sich hatte, erfuhr ich erst später – irgendwo schien hier etwas verborgen zu sein. Frau Schönberg hörte auf zu schluchzen, dann kehrte irgendwie Normalität ein. Auf eine tiefere Ebene kamen wir in dem Gespräch nicht.

Wir unterhielten uns erneut oberflächlich über unsere familiären Situationen, ich erzählte noch von meiner Tätigkeit in der Sozialstation sowie meinem Berufswunsch. Die vorgesehene Zeit mit Frau Schönberg näherte sich viel zu schnell dem Ende und ich machte mich notgedrungen daran, den Einsatz zu beenden und mich zu verabschieden. Wir reichten uns allesamt die Hand und lächelten uns an. Am liebsten hätte ich mich noch den ganzen Tag eingehender über die Ereignisse der damaligen Zeit unterhalten, sofern es die Umstände vielleicht doch noch erlaubt hätten. Zu einem zweiten Treffen mit dem Quintett kam es jedoch leider nie mehr.

6. Besuch von der Brigitte

Die Aufregung war groß im Diakonischen Werk. Die Zeitschrift „Brigitte" wollte einen Artikel über junge Männer im Freiwilligen Sozialen Jahr verfassen. Pflegeberufe waren ja eher Frauenberufe und deshalb Frauenthemen und die „Brigitte" war eine Frauenzeitschrift, passte also eigentlich alles. Nun wurden freiwillige Männer gesucht, oha. Nach der Kontaktierung einiger Sozialstationen wurde unter anderen auch unsere mit mir als verfügbarem Kandidaten ausgewählt (es gab ohnehin nur einen). Nun wurde also ein Treffen mit einem Fotografen der „Brigitte" vereinbart. Es war angedacht, zunächst einige Bilder während der Tätigkeit im Altersheim zu schießen, anschließend sollte ein Interview mit einer Reporterin stattfinden. Mir wurde mitgeteilt, der Fotograf heiße Frank, er käme morgens direkt zum Heim. So wartete ich morgens zur verabredeten Zeit vor der großen automatischen Glastür des Heims und wartete auf Frank. Frank erschien natürlich nicht zur verabredeten Zeit. Mehrere Viertelstunden später kurvte dann doch noch ein angebeulter „Presse" - VW Golf rasant um die Rabatten und fuhr schräge in eine der Parklücken ein. Klasse, es ging los. Ein Typ in schwarzer Lederjacke und zerschlissenen Jeans stieg aus, eine

Kippe lässig im Mundwinkel. Die Haare waren mittellang und mittelmäßig geschnitten, vermutlich absichtlich. Genauso hatte ich mir immer einen Fotografen vorgestellt, genauso verwegen musste er unterwegs sein, quasi direkt von der Aftershowparty zum nächsten Auftrag zum Fotolabor zum HSV-Training zum Flughafen zum Bürgermeister. „Is' hier, oder?", fragte Frank. „Hier is' was?", wollte ich fragen, das hätte cool geklungen, abgebrüht, sozusagen von der Krankenschwester zum Zigarettenautomaten zur Wundreinigung zum Shooting für was-weiß-ich-welches Journal. Wo bin ich hier nochmal, Hawaii oder Hamburg? Stattdessen sagte ich brav „Hallo, du musst Frank sein. Also, ich bin Alexander und…". Frank zog an seiner Kippe, kramte seine Ausrüstung zusammen und sagte „Hm. Okay, lass' ma' rein!"

Wir gingen durch die Flure des Heims und ich kam mir in Begleitung des Torzurweltstadtfotografen vor wie ein ganz Großer. Viele der Heimbewohner hatten zwar kein Gespür für die Wichtigkeit des heute anstehenden Pressetermins, doch ich schritt deutlich selbstbewusster voran als sonst. Leider konnte auch die Heimleitung nicht beeindruckt werden – alle waren blöderweise beim Frühstück und somit unsichtbar. Frank war dafür tendenziell unhörbar, er sagte so gut wie nichts außer „Ah, ja?" oder „Hm". Manchmal nickte er nur oder schüttelte leicht den Kopf. Einmal kratzte er sich auch kurz an der Nase.

Beim ersten Einsatz bei der sehr freundlichen aber auch dementen Frau Hildebrecht moserte Frank über die Lichtverhältnisse („Ne, is' echt dunkel"). Nach dem Aufziehen der Vorhänge – hatte sie bisher einfach vergessen aufzuziehen – hatten wir zwar besseres Licht, ein vernünftiges Foto kam trotzdem nicht zustande. Sprach Frank mit ihr und sagte, sie solle jetzt mich ansehen, guckte sie weiterhin konzentriert zu Frank. Sprach ich sanft mit ihr und sagte, sie möge jetzt mich ansehen, tat sie das zwar, vergaß aber zu lächeln. Es sah aus, als würde ein Enkel von seiner Oma böse getadelt werden. Für ein farbenfrohes Frauenmagazin taugten die Fotos nicht unbedingt („Ne, echt zu finster"). Den zweiten Einsatz konnten wir überspringen, weil Herr Hecht Besuch von seiner ganz und gar wenig dementen, dafür aber sehr unfreundlichen Tochter hatte. Wieso sie davon nichts wüsste, wieso man ihren Vater ausgesucht hätte, wieso er nichts davon wüsste, wer wir nochmal seien, was das Ganze solle, dass das Ganze nicht infrage käme, den Rest schaffe sie alleine, guten Tag. Der dritte Einsatz sollte Frau Siemers sein, doch die war nicht da - in der Aula des Haupthauses fand ein bunter Vormittag mit lustigen Spielen und Musik vom Band statt. „Klingelingeling, hier kommt der Eiermann", schallte es uns entgegen. Ne, hier kommt der Fotograf, Frau Siemers, aber das ging in dem Trubel komplett unter, Bingo mitsamt der Aussicht auf eine Duschhaube oder einem Viertelliter der neuesten Kreation von „Kölnisch Wasser" (*4711 pour pensionistes*) war dann leider doch wichtiger.

Der vierte Einsatz war der erste, wir versuchten es noch einmal bei Frau Hildebrecht. Zum Glück hatte sie dieses Mal vergessen, konzentriert zu gucken, sie strahlte ihr schönstes Lächeln. Sogar die Sonne war auf unserer Seite und schien durch die Fenster ohne Vorhänge, wir hatten sogar gutes Licht („Ne, echt gut"). Alles lief top. Frank wollte zum Schluss unbedingt noch eine qualmen, doch sein Päckchen war inzwischen alle. Wir gingen ins Erdgeschoss. In der hinteren Ecke in einer der langen Flure stand ein alter Wurlitzer-Zigarettenautomat, ein Relikt aus der Zeit des Wirtschaftswunders der alten Bundesrepublik. Vermutlich hatte man ihn nicht weggeräumt, um den Patienten eine Art Zeitmaschine für die Reise in vermeidlich bessere Jahre präsentieren zu können. Früher war ja bekanntlich immer alles besser gewesen. Möglicherweise war auch schlichtweg kein Geld für eine Neuanschaffung vorhanden oder der Zulieferer war Pleite gegangen. Frank warf ein Fünfmarkstück ein und zog die Marke seiner Wahl, steckte sich lässig eine an.

„Sind wir fertig, oder?" In Franks ungelenk formulierter Frage schwang leichte Ungeduld mit, ich konnte ihn komplett verstehen. Selbstverständlich war er jetzt mental schon weit voraus, gegen den Puls der Zeit konnte dieser muffige Schuppen nicht ankommen. Vermutlich wartete ein Shooting mit Nadja Auermann oder dem Marlboromann auf ihn oder irgendwas ähnlich Verheißungsvolles. „Bis dann, ne". Frank stieg in seine Karre und schrammte beim Ausparken noch haarscharf an einem Rollator nebst fluchendem Rentner vorbei, hatte aber rauchend alles im Griff. Ich ging stolz zurück ins Heim, bald würden mich alle in der Fotostrecke der „Brigitte" sehen können. Leider ist es nie dazu gekommen. Ein Interview mit der wirklich ausgesprochen netten Reporterin Lisa fand zwar einen Tag später statt, doch der Artikel ist leider nie erschienen. Vielleicht hatte Frank einfach den Redaktionsschluss verpasst oder aus Versehen die Negative angekokelt. Fazit:

2. Erlebnisse aus den Haushalten

7. Frau Nietzschke und die Hölle

Das Ehepaar Nietzschke gehörte schon seit Ewigkeiten zum Patientenstamm der Sozialstation. Sie wohnten dicht am Bahnhof Alsterdorf in einem Rotklinkerbau der Sechzigerjahre, Sydneystraße, eine unauffällige Gegend, ein unauffälliges Paar. Die Einsätze waren auch allesamt unauffällig, es handelte sich um das normale Standardprogramm (also Wiegehts, Waschen, Wickeln, Waszuessen, Wasbrauchensienoch, Wiederfragen, Wiedersehen). Eine Besonderheit gab es allerdings doch. Es war egal, zu welcher Tageszeit man Herrn und Frau Nietzschke besuchte, der Fernseher war ständig eingeschaltet und jedes Mal lief irgendeine Musiksendung der übleren Art. Da beide schwerhörig waren, wusste man bereits vor dem Betreten der Wohnung, was Sache war. Die Titel der Sendungen waren allesamt austauschbar und setzten sich meist zusammen aus den Bausteinen „Das kleine / mittlere / große / Frühlings- / Sommer- / Herbst- / Winterfest der Volksmusik". Wurden die Sendungen nicht von Figuren ähnlich wie Florian Silbereisenbahn moderiert, dann von Carmen Nebeleisen. Lesen konnte Frau Nietzschke nicht mehr, vermutlich hätten ihre bevorzugten Zeitschriften ansonsten Titel getragen wie „Das silberne / goldene / Blatt / Echo / Journal / für die Frau / mit Herz / von heute / mit Volksmusikfimmel". Ich fragte mich jedes Mal, aus welchen Gründen man sich diesen Volksmusikblödsinn antun konnte, fand aber keine schlüssige Antwort. Herr Nietzschke las gelegentlich in einer der auf dem Wohnzimmertisch ausliegenden Fernsehzeitschriften oder einen Adels- / Arzt- / Heimat- / Liebesroman aus dem Bastei Lübbe-Verlag. Die Auswahl an diesen Heftchen war erstaunlich groß.

Als ich einmal anmerkte, sie hätten ja ganz schön viele Exemplare dieser, äh, Literatur, erklärte mir Herr Nietzschke das in dem Haus gängige Rotationssystem. Er sei für das Kaufen der Heimatromane zuständig, Frau Bolzmann aus der Wohnung über ihnen kaufte die Arztromane, Frau Pflügler aus dem dritten Stock besorgte die Adelsromane. Gelegentlich mogelte sich noch Frau Schäfer mit ihren Liebesromanen dazwischen. Ein ausgelesener Roman wanderte durch alle Etagen und wurde somit mehrfach genutzt. Er erzählte alles voller Stolz, es klang so, als hätte die Hausgemeinschaft soeben die Nähmaschine erfunden. Klasse, dachte ich, auf die Idee ist bestimmt noch nie jemand gekommen. „Tolles System", sagte ich, „darauf muss man erst einmal kommen".

Herr Nietzschke war vom Leben sichtlich gezeichnet. Als junger Soldat war er in russische Kriegsgefangenschafft geraten und wurde danach zum Arbeitseinsatz in ein sibirisches Bergwerk verschleppt. Erst im Jahre 1951 hatte er nach Deutschland zurückkehren können. Sein Gesicht war zerfurcht und grau und man sah ihm den Schmerz des Mitgemachten trotz der inzwischen vergangenen Jahrzehnte noch immer an. Herr Nietzschke rauchte seitdem Kette, vielleicht war auch das der Grund für sein mitgenommenes Aussehen. Um nach vielen Jahren intensiven Inhalierens überhaupt noch Geschmack empfinden zu können, hatte er es sich angewöhnt, seinen Roth-Händle-Zigaretten vor dem Anzünden den Filter abzudrehen. Das war an Härte nicht zu überbieten. Sein graues Haar war in Teilen durch das Nikotin inzwischen gelb gefärbt, ebenso seine Fingernägel. Eigentlich müssten diese Kippen Gelb-Händle heißen.

Wie viele Männer seiner Generation hatte er die Kriegstraumata vermutlich nie wirklich verarbeiten können. Bei jedem einzelnen meiner Besuche lief das Gespräch mit ihm unweigerlich irgendwann auf das Thema Krieg hinaus. Hatte man ihn gefragt, wie er das Wetter heute fand, war seine Antwort: „Das Wetter ist ganz gut heute. Wissen Sie, damals, da hatten wir einen Winter, der war…" Auf die Frage „Wie geht es Ihnen heute?" lautete die Antwort

meist: „Ganz gut, heute. Wissen Sie, damals, da…"
Hätte ich Herrn Nietzschke gefragt, ob er beim
Friseur gewesen wäre, hätte die Antwort wohl
gelautet: „Ja, vorgestern. Wissen Sie, damals, da
hatten wir einen Friseur in der Truppe, der war…"
Ich hatte für seine Antworten volles Verständnis,
kannte das Verhalten gut - einige meiner Onkels
erzählten bei Familientreffen in der gleichen Art.
Irgendwie tat er mir leid. Frau Nietzschke hatte das
Rauchen nach einem Schlaganfall aufgegeben. Aber
auch ihre eigentlich komplett grauen Haare wiesen
eine besondere farbliche Note auf: ein dezentes
Malve. Friseurin Erika vom „Salon Erika" in der
nahegelegenen Einkaufszeile sorgte für ein
regelmäßiges Auffrischen dieses zarten Lilatons.

Ich mochte sie beide. Vielleicht war es für sie ein
unbewusstes Mittel, einige Erinnerungen zeitweise
durch belanglosen Quatsch zu betäuben. Es stand
mir auch einfach nicht zu, hier eigene Maßstäbe an
akustisches Wohlempfinden anzulegen. Mein
anfänglicher Hochmut verflog von Einsatz zu
Einsatz. Irgendwann setzte ich mich bei einem
Abendeinsatz für einige Minuten hinzu und lauschte
zusammen mit Frau Nietzschke den zarten Klängen
eines Liedes von Bernd / Bernhard / Roland / Brink /
Clüver / Kaiser, während Herr Nietzschke auf dem
Balkon locker weiterrauchte. In dem Song ging es
um irgendeinen Garten im Himmel mit fernen

Sternen noch dazu, ein See und blaue Berge waren auch im Spiel. Frau Nietzschke summte fröhlich im Takt mit. Statt an den Himmel und paradiesische Zustände dachte ich für einen kurzen Moment irgendwie an die Hölle, verwarf den Gedanken aber schnell wieder.

Die Wohnung an der Sydneystraße (Fotografie)

8. Herrn Murnicks Landsmann

Herr Murnick gehörte zu denjenigen Patienten, die am längsten durch unsere Sozialstation betreut wurden, schon seit Anbeginn ihrer Gründung. Kurz nachdem er mit unglaublich vielen Berufsjahren als Malermeister auf dem Buckel – nicht nur sprichwörtlich, er hatte wirklich einen gebeugten Rücken - in Rente gegangen war, hatte er mehrere Jahre seine Frau bis zum Tode betreut und gepflegt. Nun lebte er alleine in einer kleinen Mietswohnung in der Krochmannstraße. Trotz seines hohen Alters mit über neunzig Jahren war er noch einigermaßen selbstständig. So waren die Einsätze bei Herrn Murnick allesamt auch eher leichter Art. Meist reichte es aus, ihm beim Zubereiten des Frühstücks oder Mittagessens zu helfen sowie darauf zu achten, dass er seine Tabletten regelmäßig einnahm. Abendeinsätze waren bei Herrn Murnick nicht vorgesehen, seine Tabletten nahm er dann regelmäßig ein, das vergas er niemals. Gegen Ende des Vormittagsdienstes bestand Herr Murnick immer darauf, das Horoskop vorgelesen zu bekommen (und vorher fast die komplette Zeitung). Selber lesen konnte er nicht mehr richtig, allenfalls die fettgedruckten Überschriften der Tageszeitungen waren für ihn noch gut erkennbar. Eigentlich las er nur eine einzige Tageszeitung, und deren Überschriften waren wirklich sehr markant. Im Prinzip bestand diese Zeitung nur aus Überschriften und die hatten es in sich: Ufos im Weißen Haus? Nessie schon wieder tot! Jetzt redet Pinocchio! Herbert Grönemeyer hat Flugzeuge in seinem Bauch! Er sagte nie „Horoskop", sondern sprach das Wort wie „Hokoskop" aus. Passte gut, dachte ich jedes Mal, erinnerte irgendwie an Hokuspokus. Welches Sternzeichen er hatte, erinnere ich nicht mehr, weiß aber noch gut, wie er auch mich stets bat, ihm meine Tagesvorhersage vorzulesen. Waren unsere Weissagungen akzeptabel, freute er sich sichtlich. Waren sie es nicht, lehnte er die meist schmalen Vier- oder Fünfzeiler mit den Worten ab, das sei „ohnehin alles Käse". Nicht ganz konsequent, wie ich dachte, fand es aber schön, wie er der BILDER-Zeitung zumindest hier etwas Positives abzugewinnen versuchte.

Irgendwann sah mich Herr Murnick bei einem Einsatz genauer an und fragte mich, welcher „Landsmann" ich sei. In seinen Augen konnte jemand mit meinem Aussehen kein Deutscher sein. Ich hielt mich mit heinozertifizierten schwarzbraunen Haselnusshaaren und durchschnittlich heller Gesichtsfarbe allerdings für ziemlich normal. Außerdem teilten wir beide mehr oder weniger die gleiche Haarfarbe (bei ihm hätte es gleichwohl schwarz*grau* heißen müssen). Herr Murnick kam ursprünglich aus einer Kleinstadt in Schleswig-Holstein, da war niemand von *woanders*. „Joh, also ich komm' ja eigentlich aus Hamburch", lautete meine Antwort in original breiter norddeutscher Aussprache, fügte aber hinzu, meine Mutter käme aus Portugal. Möglicherweise sei dies der Grund für die dunklen Haare. „War ich noch nie", lautete seine Antwort. Damit war das Thema Herkunft für ihn erledigt. Offenbar ging ich halbwegs als Deutscher durch. Halbwegs war in diesem Falle nicht ganz falsch. „Wie ist es da so?", wollte Herr Murnick wissen. Seine Frage war klasse, ich legte los.

Ich erzählte von heißer Sonne und blauem Meer, kargen Bergen, hügeligen Ebenen, Korkeichen und Eukalyptusbäumen, alten Burgen, rotbrauner Erde und weißen Häusern und schwarzgekleideten Frauen, Wein und Eseln und Fischen, Stierkampf und klapprigen Überlandbussen, melancholischer Musik, mir kam alles Mögliche in den Sinn, ich erzählte einfach alles durcheinander. Portugal war das Urlaubsland meiner Kindheit gewesen, das komplette Gegenteil zum nördlichen Hamburg oder Schleswig-Holstein. „Wär' ich ja gern' mal hingefahren", sagte Herr Murnick und sah durch das Küchenfenster auf das Grün der Bäume in der ruhigen Krochmannstraße. „Naja". Damit war auch dieses Thema norddeutsch-trocken abgehakt. Er verharrte einige Momente und dreht seinen Kopf wieder zu mir. „Komm', Junge, lies mir mal mein Hokoskop vor!" Ihnen eröffnen sich heute neue Aussichten, stand darin.

Der Portugiesische Hahn von Barcelos (Fotografie)

9. Herr Meier nimmt Abschied

Herr Meier lebte alleinstehend in einer leicht vernachlässigten Erdgeschosswohnung in der Ulmenstraße, dafür in einem schon fast herrschaftlich anmutenden Haus dieser hübschen Straße ganz in der Nähe des Stadtparks. Witwer waren selten, meistens überlebten die Frauen ihre Männer. In seinem Falle war es seit vielen Jahren anders. Herrn Meier waren nur zwei Pflegeeinsätze pro Tag zugeteilt, morgens und mittags sollte man nach dem Rechten sehen. Hilfe bei der Grundpflege, Essenszubereitung, Medikamentengabe, geistige Anregung, darin bestand wie in so vielen Fällen auch hier das Programm. Abendeinsätze waren bei ihm nicht vorgesehen. Herr Meier war somit nach krankenkassenärztlicher Ansicht noch selbstständig genug, sich sein Abendbrot selbst zuzubereiten und für die Nacht fertig zu machen. Dieser Einschnitt ergab irgendwie überhaupt keinen Sinn – was hätte er abends alleine erledigen können, wozu er morgens nicht in der Lage gewesen wäre? Herr Meier war schwer krank, die Medikamentengabe kompliziert, die Einnahme musste aufgrund zahlreicher verschiedener Tabletten und Pillen sehr genau überwacht werden. Trotz oder gerade wegen seiner Erkrankung war Herr Meier ein leidenschaftlicher Alkoholkonsument. Nie jedoch wirkte er deswegen unkontrolliert oder unzugänglich, sondern war stets zu akzeptablen Scherzen aufgelegt. Er schien seine Sucht einigermaßen im Griff zu haben. Vermutlich kam sein Körper ohne Alkohol gar nicht mehr über die Runden. Dass sich der Fusel mit den Medikamenten nicht besonders gut vertragen konnte, war ihm vollkommen klar und letztlich wohl doch egal.

Der letzte Einsatz an einem kühlen Samstagmorgen verlief noch völlig normal. Wir unterhielten uns wie immer über alles Mögliche, das Leben, das Leiden, alltäglichen Müll. Geht schon, muss ja, ist wieder kälter geworden. Alles schien in Ordnung mit Herrn Meier. Ich half ihm bei der Grundpflege und er nahm wie gewohnt sein Frühstück ein. Einen Kleinen hinterher zum Nachspülen, schmeckt ja. Doch schon zum Mittagseinsatz hatte Herr Meier sich ins Bett gelegt und seine Decke weit über die Schultern gezogen. Allein seine Ohren und ein verirrtes Haarbüschel ragten noch heraus. Er wolle jetzt gleich ein wenig schlafen, sagte er. Er nahm seine Medikamente im Liegen ein, aß ein noch einen Bissen vom belegten Brot und zog sich die Decke dann fast bis über den Kopf. Bis morgen. Dann drehte er sich auf die Seite, mit dem Gesicht zum Fenster. Ich schloss die Vorhänge etwas dichter und ging. Bis morgen, Herr Meier.

Als ich die Wohnung am Sonntagvormittag betrat, war es ungewöhnlich still. Meist hatte Herr Meier schon das Radio laufen und verfolgte das Geschehen in der Welt. Auf mein aus dem Flur gerufenes „Guten Morgen" gab es keine Antwort. Ich ging ins Schlafzimmer, doch in seinem Bett lag Herr Meier wider Erwarten nicht. Die Decke war aufgeschlagen, auch die Vorhänge waren ein wenig geöffnet. Über den langen Flur kam ich ins Wohnzimmer. Dort lag Herrn Meier leicht verdreht auf dem Wohnzimmerteppich, fast der Länge nach ausgestreckt.

Ich beugte mich herunter und sah in sein Gesicht, seine Augen waren fest geschlossen. Ich sprach ihn leise an, bekam keine Antwort, rüttelte noch mehrmals erfolglos am Ärmel seines Morgenmantels. Herr Meier atmete offensichtlich auch nicht mehr, es waren keine Atemgeräusche zu vernehmen, der Brustkorb bewegte sich nicht. Dann prüfte ich seinen Pulsschlag am Hals und beiden schon kalten Handgelenken; es war kein Lebenszeichen mehr zu spüren. Ich trat ich ein paar Schritte zurück und verharrte für einige Sekunden, wählte dann die Nummer der Sozialstation, Frau Brandmann war am Apparat. Ich sagte ihr mechanisch, dass Herr Meier gestorben war. Danach informierte ich die Polizei, so wie sie es mir aufgetragen hatte. Kurze Zeit später traf zuerst ein

Rettungswagen ein, der Wagen hielt auf dem Bürgersteig, zwei Rettungssanitäter stiegen aus und grüßten knapp. Dann betraten sie die Wohnung und untersuchten Herrn Meier mit routinierten Handgriffen. Irgendein ein elektronisches Messgerät wurde ihm zusätzlich angelegt, das Ergebnis von ihnen trocken zur Kenntnis genommen und sein Tod offiziell festgestellt. Dann packten die beiden Sanitäter ihre Ausrüstung zusammen und unterhielten sich bis zum Eintreffen der Polizei zu meiner Verwunderung ansatzlos noch ein wenig über ihr bevorstehendes Freizeitprogramm. Ein überaus munterer Plausch entstand. Man wolle bald den neuen Grillimbiss an der Alsterdorfer Straße ausprobieren, am Abend gäbe es leider nichts Vernünftiges in der Glotze, ob nicht vielleicht ein Besuch in der Videothek angebracht sei, was Kollege Siggi neulich bei dem schweren Autounfall auf der Saarlandstraße erlebt habe und wie es Anne, seiner neuen Freundin, wohl erginge, er sei ja ein echter Vogel, haha.

Ich war damals zwanzig Jahre alt und hatte noch nie einen toten Menschen aufgefunden. Ich wusste nicht ganz genau, was ich sagen oder wie ich mich in einer solchen Situation angemessen verhalten sollte, nahm aber an, so etwas wie Zurückhaltung oder Stille sei angebracht. Davon war bei den beiden Sanitätern nichts zu spüren. Vielleicht lässt einen der tägliche Umgang mit dem Tod irgendwann auch abstumpfen und ihn als das ansehen, was er in solchen Momenten wohl auch sein kann: etwas Natürliches und somit Normales. Etwas, das an Ungewöhnlichkeit durch Gewöhnung ein wenig verliert. Das zumindest nahm ich zwischendurch als selbstgestrickte Erklärung für die Pietätlosigkeit der beiden unbarmherzigen Samariter an. Während meines Aufenthaltes in der Wohnung war ich trotzdem nur entsetzt. Unbeachtet in einer Ecke des Flures stehend wartete ich auf das Eintreffen der Polizei. Auf ein paar hilfreiche Worte hatte keiner der Beiden Lust. Einer der Sanitäter telefonierte zwischendurch mehrmals, ein anderer schrieb etwas in einen Block. Die Zeit wollte nicht vergehen.

Dann hielt ein Peterwagen vor dem Haus, zwei Beamte sowie zusätzlich noch ein Amtsarzt stiegen aus und stellten Fragen nach dem Hergang des Geschehens. Ich sagte ihnen, was meine Aufgabe war, was ich bis zum Vortag mit Herrn Meier gesehen und erlebt hatte. Die Rettungssanitäter unterhielten sich oberflächlich mit dem Arzt. Dann untersuchte auch er noch einmal kurz Herrn Meier. Zwei weitere Bögen Papier wurden ausgefüllt, einen musste ich unterschreiben, ich fragte zweimal nach, wo, mit dem Finger zeigte mir der Arzt, wo genau. Das war's dann, ich konnte gehen, alles Weitere wie die Verständigung der Angehörigen würde von der

Polizei geregelt und Herr Meier durch die Sanitäter aus der Wohnung gebracht werden. Nach einem kurzen Telefonat mit Frau Brandmann ging es weiter zum nächsten Einsatz, an den ich mich beim besten Willen nicht mehr erinnern kann.

Herbstlaub auf der Alsterdorfer Ulmenstraße (Mischtechnik)

10. 1898 Jahre Frau Elvert

Frau Elvert betrieb bis zum Ende der Sechzigerjahre hinein mit ihrem Mann ein kleines Milchgeschäft im Efeuweg. Ein Großteil der hier stehenden Gebäude gehörte Genossenschaften, vorwiegend solchen, die sich für Angehörige handwerklich-gewerblicher Berufe gebildet hatten. Hier lebten Menschen, die sich ihren Lohn in harter Arbeit redlich verdient hatten. Nach seinem Tode wohnte sie jahrzehntelang alleine in ihrer Wohnung. Als einzige Verwandte war in der Patientenakte nur noch eine jüngere Cousine irgendwo in Ostdeutschland eingetragen. Frau Elvert wurde unglaublicherweise noch im vorvergangenen Jahrhundert geboren, ihr Leben erstreckte sich über sagenhafte drei Jahrhunderte. Ihre Wohnung gehörte zu der Sorte Altbauwohnungen, die man ebenso getrost als wirklich alt bezeichnen konnte. Ein Badezimmer gab es nicht, nur eine Duschnische in der Küche, so wie es in einigen der älteren Rotklinkerbauten nach der Jahrhundertwende üblich war. Ich hatte einen solchen Zuschnitt zuvor kaum je gesehen. Die Wohnung musste über Jahrzehnte nicht renoviert worden sein, die Einrichtung der Wohnung war in Teilen wohl siebzig oder achtzig Jahre alt. Der Küchenschrank war mit inzwischen antiken blauweißen Keramikgefäßen bestückt, noch mit in Sütterlin verfassten Aufschriften für Zucker, Salz, Mehl oder Kaffee. Sämtliche Küchengeräte stammten aus einer Zeit, in der Farbfernseher noch Schwarzweißfernseher waren (Frau Elvert hatte jedoch weder den einen noch den anderen). Die gesamte Einrichtung hätte ausgezeichnet in das hiesige Museum für Kunst und Gewerbe gepasst.

Frau Elvert war inzwischen bettlägerig und nahezu erblindet. Häufig verwechselte sie mich mit Raimund, auch er ein pflegender Student und mir äußerlich ziemlich ähnlich. Wenn ich dann aber zur Begrüßung „Alexander" sagte, wusste sie sofort, wer ich war. Ihr Gedächtnis war noch voll in Ordnung, sie selber immer klar bei Verstand. Bei der Grundpflege half sie so gut mit, wie es ihr möglich war. Versuchte man, sie beim Waschen sanft auf die Seite zu drehen, so griff sie selbstverständlich von sich aus an die Bettleiste, zog sich heran oder hielt sich fest. Die Haut ihrer Hände war von vielen Altersflecken überzogen und fast durchsichtig, unter ihr war das dunkle Adergeflecht deutlich sichtbar. Ihre Hände wirkten zart und zerbrechlich, doch ihr Griff war noch bestimmt und fest. Es schien so, als wolle sie die Kontrolle über ihr Leben nicht abgeben. Als hielte sie sich buchstäblich an dem fest, was ihr geblieben war – auch wenn es noch nicht einmal die eigenen vier Wände waren, sondern nur vier Leisten eines elektrisch verstellbareren Pflegebettes mit Antidekubitusmatratze und mehreren Stützkissen. Frau Elvert strahlte trotz allem eine große Würde und Erhabenheit aus; ein stolzer Geist in einem Körper, der schon nicht mehr wirklich war. Es tat immer gut, bei ihr zu sein.

An diesem einen nasskalten Tag war alles anders. Nichts stimmte mehr beim morgendlichen Eintreten in die Wohnung. Die Trinkbecher lagen verstreut über die komplette Wohnung, irgendwo. Die Patientenmappe lag achtlos aufgeschlagen auf dem Wohnzimmersessel, der Medikamententisch war zerwühlt, ebenso die Kissen und Laken. Frau Elvert trug blaue Hämatome an ihren Armen, der Kieferbereich war mit den gleichen Verletzungen überzogen. Irgendjemand musste sie im Bett ruppig herumgeschoben und ihr zur Essensgabe den Kiefer aufgedrückt haben. Wer konnte so schwachsinnig und brutal gewesen sein, einer alten Dame (einer lieben, hilflosen noch dazu) so etwas Unsägliches anzutun? Nichts rechtfertigte unkontrollierte Aggression gegenüber Pflegebedürftigen. Gerne hätte ich ihm oder ihr die Kauleiste als Vergeltung neu gerichtet. Doch mehr als eine spätere Anzeige der Stationsleitung wegen Körperverletzung (gegen Unbekannt – dabei waren alle Mitarbeiterinnen und Mitarbeiter bekannt) ist meines Wissens nach traurigerweise nicht dabei herausgekommen.

11. Das Rote Kreuz war da

Frau Klein wohnte in einem recht modernen Gebäude am Winterhuder Markt. Die Wohnung lag weit oben im letzten und sechsten Stock und man hatte von ihr aus wahlweise einen tollen Blick auf das wuselige Treiben oder hinein ins Blaue. Stand man auf dem Balkon, sah man manchmal zum Greifen nah Flugzeuge in der Einflugschneise auf den Flughafen Fuhlsbüttel zusteuern. Einsätze bei Frau Klein waren mittelmäßig schwer, sie war zwar dement, aber auch dies nur mittelmäßig. Sie benötigte Hilfe bei der Grundpflege, übernahm aber vieles von selbst. Ebenso aß sie noch selbstständig, konnte sich aber nur schlecht in ihrer Küche zurechtfinden. Von ihren Tabletten nahm sie von sich aus nur die Hälfte, den Rest vergaß sie einfach. Sie wohnte alleine und kam in den Zeiten ohne Betreuung gerade so halbwegs zurecht. Für den Zugang zur Wohnung benötigte man eigentlich einen Schlüssel, gelegentlich öffnete sie die Wohnungstür nach vorherigem Klingeln dennoch selbst. Sie schien etwas mit ihrer Wohnung gemeinsam zu haben: zwar im Hier fest verwurzelt, gleichzeitig aber schon in einer anderen Sphäre.

Eines Tages lag neben der grünen Patientenmappe überraschenderweise ein korrekt ausgefülltes

Spendenformular des Deutschen Roten Kreuzes. Fein säuberlich waren in deutlicher Handschrift die persönlichen Details der Frau Klein vermerkt, Name, Geburtstag, Adresse, alle Angaben stimmig und ordentlich aufgeführt. Unter der Rubrik „Spendenhöhe" war neben den ankreuzbaren Kästchen für vorgegebene Summen ein frei wählbarer, deutlich höherer Mehrbetrag auf einer Extralinie eingetragen. Sogar unterschrieben war der Zettel, die Unterschrift glich aber irgendwie einer undefinierbaren Wellenlinie und man hätte statt Klein auch problemlos Kartoffel, Ketchup oder Kaninchen entziffern können. Beide Handschriften passten absolut nicht zueinander und ich war mir sicher, dass Frau Klein keinesfalls gewusst haben konnte, was sie da unterschrieben hatte. Ein gezieltes Nachfragen war sinnlos, Frau Kleins Lieblingsantworten waren entweder „Jein" oder „Mhm". Ich rief also verunsichert ihren Sohn an, seine Telefonnummer war in der Patientenmappe deutlich sichtbar verzeichnet.

„Klein".

„Ja, guten Tag Herr Klein, hier ist Alexander von der Sozialstation und…"

„Bitte?"

„Äh, hier ist Alexander von der Sozialstation…"

„Ja? Ist was mit meiner Mutter?"

„Nein, nicht direkt, es ist nur so, dass ich hier ein von Ihrer Mutter unterschriebenes Spendenformular des Deutschen Roten Kreuzes gefunden habe und…"

„Wie bitte, was?"*(deutlich)*

„Ich habe hier ein von Ihrer Mutter unterschriebenes Spendenformular des Deutschen Roten Kreuzes gefunden und…"

„Das kann eigentlich nicht sein, meine Mutter ist dement und unterschreibt nichts".

„Ja, sicher, das ist klar, aber das hier *ist* unterschrieben worden. Ihre Mutter muss einen Mitarbeiter in die Wohnung gelassen haben, der das Formular dann für sie ausgefüllt hat".

„Was bitte?" *(sehr deutlich)*

„Ihre Mutter hat wohl einen Mitarbeiter in die Wohnung gelassen, der das Formular für sie ausgefüllt hat".

„Verfl…!" *(nicht zitierbar)*

„Ja, das denke ich auch. Man muss sofort beim Landesverband…"

„Verd…!" *(auch nicht zitierbar)*

„Gut, Herr Klein, Sie rufen dann…"

„So eine Sch…!" *(wirklich völlig unzitierbar)*
Nach circa fünf Minuten Monolog des Herrn Klein hatte ich einen gefühlten Blumenkohl an meiner Ohrmuschel haften.

„Mhm (ich klang jetzt wie Frau Klein), gut, Herr Klein, dann auf Wiederhören".

Ich dachte frohlockend daran, wie er wohl erst im Falle eines Telefonates mit dem zuständigen Mitarbeiter aufdrehen würde. Was bei einem persönlichen Besuch in der Rotkreuz-Zentrale passieren würde, wollte ich mir dagegen nicht ausmalen. Das Gute am Roten Kreuz ist ja, dass alle Mitarbeiter Erste Hilfe leisten können - die medizinische Erstversorgung nach eventuellen Backpfeifen würde also gesichert sein. Nachdem ich den Hörer aufgelegt hatte, wandte ich mich wieder seiner dementen Mutter zu, die absolut keine Ahnung hatte, wer oder was ich war, dafür aber freundlich und friedlich ihren Brei weiterlöffelte. Wir grinsten uns beide an, ich freute mich über Ihren Appetit und Herrn Kleins Temperament. Mit großer Sympathie für das Deutsche Räuberische Kreuz wurde es bei mir komischerweise allerdings auch später nichts mehr.

Wir verabschiedeten uns, Frau Klein wohl nur halbwegs bewusst und es ging für mich weiter zum nächsten Einsatz. Auf dem Weg durch das Treppenhaus kamen mir zwei Mitglieder der Sekte „Zeugen Jehovas" entgegen, unter den Armen ein paar Exemplare der Zeitschrift „Leuchtturm". Der Titel war klasse, oben würde ihnen jemand bestimmt strahlend die Türen öffnen. Beide Erleuchtete waren ein wenig betagt und allem Anschein nach schwerhörig und schwersichtig, auch das passte gut zusammen. Vielleicht würde dieses Zusammentreffen dann etwas weniger forciert ablaufen. Ich wünschte ihnen viel Erfolg im obersten Stockwerk, meinte damit aber ganz sicher nichts Himmlisches.

Das Wohnhaus am Winterhuder Markt (Fotografie)

12. Ein neuer Patient

Oft kam es vor, dass an Wochenenden durch den Wechsel des Pflegepersonals mehr improvisiert werde musste als eigentlich vernünftig gewesen wäre. Die Stammpfleger hatten dann üblicherweise frei, der normale Pflegebetrieb wurde durch den Einsatz von Teilzeitkräften durcheinandergewirbelt. Der geregelte Alltagsablauf war somit schnell im Eimer. Gelegentlich kam es auch vor, dass schwere Pflegefälle durch gerade eben so qualifizierte Mitarbeiter versorgt werden mussten. Ganz optimal war das natürlich nicht, aber wer sah schon ganz genau hin? Die Einsatzleitung war froh, wenn alle Patienten überhaupt versorgt werden konnten. Wurden vorab eingeplante Mitarbeiter für das Wochenende kurzfristig krank, dann gute Nacht. An einem solchen Ausnahmewochenende kam unpassenderweise alles zusammen. Schwester Sylvia (friedensbewegt mit lila Haaren und in lila Latzhosen, friedfertig und auch totalfertig angesichts des Chaos) hatte die undankbare Aufgabe, improvisieren zu müssen. Sie teilte mir zusätzlich zu den normalen Einsätzen einen Herrn Bocholt zu. „Du, Herr Bocholt ist bettlägerig, ist aber kein Problem für dich, weiste, nur Grundpflege, bisschen Medikamentengabe, alles im normalen Rahmen.

Wenn doch was sein sollte, rufst du kurz durch, hihi. Ansonsten ist der Sohn manchmal im Haus. Hier sind die Schlüssel, bis nachher, alles Gute, hihi!" Das „alles Gute, hihi" klang in meinen Ohren ein wenig so wie Feueralarm morgens um halb vier. Mit dem Dienstrad ging es also zu Herrn Bocholt in eine kurze Straße namens Tweestücken.

Und tatsächlich war der Sohn auch im Haus. Dazu allerdings noch dessen Frau, ein weiterer Sohn, dieser ebenfalls mit seiner Frau und ein halb erwachsener Sohn aus einer der beiden Ehen, weiterhin noch eine Nachbarin und ein großer Hund. *Alles Gute, hihi?* Wenn man sich kannte, waren Familienbesuche bei Patienten normalerweise kein großes Problem. Die Einsätze ließen sich dann entsprechend entspannt abwickeln. Schön war es auch, wenn die Angehörigen entweder hilfsbereit waren oder sich gänzlich aus allem heraushielten und einen seinen Job machen ließen. Kannte man sich nicht untereinander, den Patienten auch nicht und hielten sie sich nicht aus allem heraus, konnte es schon mal ungemütlich werden.

Der Einsatz begann überraschenderweise mit einer detaillierten Einführung in die durchzuführenden Pflegeschritte durch den von Schwester Sylvia angekündigten Sohn. Wir gingen dazu in das Schlafzimmer. Herr Bocholt lag in einem vollautomatisch verstellbaren Bett, um ihn herum Pflegematerial in allen möglichen Ausführungen und Kombinationen. Der Raum war funktional eingerichtet und versprühte den Charme eines Krankenhauszimmers aus Zeiten, in denen Ocker Trendfarbe gewesen war. Alles sah klar und ordentlich aus, ich hatte trotzdem keinen Durchblick. Zu Herrn Bocholt führten mehrere Schläuche und Kabel, vermutlich waren es tatsächlich höchstens zwei, aber das Gerede des Sohnes war unerträglich und machte mich nervös. „Also, Sie nehmen nach dem Waschen die sehr gute X-Salbe für den Rücken, der Dekubitus wird mit der noch besseren Y-Salbe eingerieben und für die wunde Stelle hier nehmen sie die allerbeste Z-Salbe". Sich stehend aus dem Hintergrund einmischend, lieferten die beiden Schwiegertöchter des Herrn Bocholt ungefragt wohlmeinende Ratschläge für die optimale Wassertemperatur, die richtige Waschtechnik, die einzuhaltende Lagerung seines Körpers, die passende Dosierung der Medikamente. Ab und zu knurrte der Riesenhund. Die Nachbarin sah zwischendurch auch mal rein.

Herr Bocholt guckte ein wenig ratlos und war ansonsten komplett still. Vermutlich kannte er diesen Teil schon oder war zu kraftlos für eigene Bemerkungen. Ohnehin fragte ihn niemand nach seiner Meinung. Ich sagte zu allem Ja und hoffte, die gesamte Familie würde aus dem Krankenzimmer verschwinden und mich meine Arbeit machen lassen. Dem war aber leider nicht so.

Beide Damen nahmen dann auf Schemeln in einer Ecke des Zimmers Platz und sahen mich erwartungsvoll an. Eine Madame nestelte in ihrem YSL-Täschchen und zupfte ein Taschentuch hervor. Es war noch nicht lange her, da hatte ich die Produkte des exklusiven französischen Modelabels kindlicherweise für eine Art Gimmick aus der Reihe der YPS-Hefte vom Bahnhofskiosk gehalten (quasi „Die Brieftasche für Special-Agenten"). Jetzt aber wollte und durfte ich nichts verwechseln. „Gut, Herr Bocholt, ich werde sie dann erst einmal obenrum waschen und dann untenrum, geht doch, oder?" Herr Bocholt gab ein zaghaftes „Mhm" von sich, gefolgt von einem leichten Rülpser beim Aufrichten seines Oberkörpers. Eine der Damen wandte sich angewidert ab. „Es muss doch wirklich nicht sein, dass Sie ihn so hochreißen, nicht wahr, Vati?" Ich verstand nicht, worum es ging, so hatte ich es in den Pflegeseminaren gelernt. Ganz ahnungslos fühlte ich mich nicht, obwohl das hier doch deutlich über meiner Qualifikationshöhe lag. Herr Bocholt sagte nur „Hihi" und hielt die Arme schlaff. Mit einer Hand hinter seinem Rücken und der anderen vor seiner Brust versuchte ich, ihn gleichzeitig zu stützen und zu waschen. Das Auswringen des

Lappens geschah über den Fußboden hinweg ebenfalls einhändig, die Hälfte des Waschwassers landete dabei natürlich nicht in der Schüssel, sondern daneben auf dem Tisch.

Ich vernahm ein leichtes Aufstöhnen einer der Damen, gefolgt von einem „Also wirklich!" Wirklich was? Ich fühlte mich wie ein bloßgestellter Schüler, der an der Tafel unter den Augen des gestrengen Mathematiklehrers eine x-, y-, z-Aufgabe lösten musste, während sich die halbe (oder ganze) Klasse schlapplachte. „Hihi", sagte Herr Bocholt. So konnte ich nicht arbeiten und brach ab. Ich sagte dann so etwas wie: „Sehr geehrte Damen und Herren, haben Sie vielen Dank für Ihr Bemühen. Ich finde es großartig, wie Sie sich um Ihren Vater beziehungsweise Schwiegervater oder Opa und Nachbarn kümmern und sorgen, aber so kann ich nicht arbeiten. Sie machen mich mindestens sehr nervös, wenn nicht gar irre und deswegen wäre es ausgesprochen sehr nett, wenn Sie mich das jetzt hier alleine erledigen würden lassen. Seien Sie sicher, es wird alles nach unseren profunden pflegerischen Kenntnissen und Vorschriften ablaufen. Trotz der Schwierigkeiten habe ich alles im Griff und gebe mein Bestes. Danke!"

Im Laufe des Einsatzes ergab sich dann Folgendes: Herr Bocholt sagte mehrfach „Hihi", es gab ein

Telefonat mit der Sozialstation, ich verwechselte die sehr gute X- mit der allerbesten Z-Salbe, verschüttete irgendeine andere Hälfte des Waschwassers, ein Kabel flog raus, das Hundemonster bellte, ein anderer Nachbar klingelte, ich flog raus, Schwester Sylvia flog in meiner Vorstellung über das Kuckucksnest im Garten der Sozialstation und der erste Einsatz bei Herrn Bocholt war zugleich der letzte.

Ein zarter Explosionsknall (word-Spielerei)

13. Zweimal Mutter und Sohn

Frau König lebte in einem stillen Teil Alsterdorfs, direkt am Brabandkanal. Hier standen überwiegend hübsche Einzelhäuser mit gepflegten Vorgärten und ebensolchen Autos davor. Gab es dennoch vereinzelt Mehrfamilienhäuser oder größere Stadthäuser mit mehreren Wohnparteien, so waren diese von ausgesuchtem Schick und fügten sich harmonisch in die Gegend ein. Hohe Pappeln säumten die Bürgersteige auf beiden Seiten der Straße, der Seitenarm der Alster floss ruhig und dunkelblau vor sich hin. Die ganze Gegend atmete Behaglichkeit und Frieden. Ein Besuch bei Frau König war mir auch deshalb jedes Mal sehr willkommen. Ich musste ihr nur die Stützstrümpfe auf- oder abrollen, mehr gab es eigentlich nie zu erledigen. Als Dank für die Hilfe gab es stets eine Tasse dampfenden Kaffees sowie ein Stückchen selbstgebackenen Kuchens. Wir hatten meist einen netten Plausch miteinander und so konnte ich zwischendurch ein wenig durchatmen. Zum jeweils nachfolgenden Einsatz kam ich quasi absichtlich unabsichtlich später, irgendjemand hatte dann halt Pech. Wir unterhielten uns jedes Mal angeregt über Gott und die Welt. Darin lag eine besondere Bewandtnis. Frau König hatte sich seit ihrer Jugend ausführlich mit sämtlichen Religionen dieser Welt auseinandergesetzt und war trotzdem oder gerade deswegen noch immer eine Suchende der höheren spirituellen Wahrheit. Irgendetwas hatte sie jedoch noch immer nicht finden können. Sie suchte weiter hier und da und war schon zweimal konvertiert, inzwischen war sie beim jüdischen Glauben angekommen. In weltlichen und himmlischen Fragen war sie somit quasi dreifach versiert. Ich sah mich als immerhin erstkommunierter und gefirmter Katholik fast auf Augenhöhe und so konnte uns der Gesprächsstoff nur schwerlich ausgehen. Frau König erzählte gerne und oft von ihren Kindern, besonders von ihrem Sohn. Dieser lebte irgendwo in den USA und sei dort beruflich ausgesprochen erfolgreich mit seiner selbst aufgebauten und inzwischen sehr renommierten Flugschule. Ihre Tochter machte irgendwas mit modernen Medien in einem Verlag, ganz genau konnte mir Frau König den Job nicht erklären. Doch das machte nichts – beiden Kindern mitsamt ihren Berufen galt nicht nur aus Höflichkeit meine ungeteilte Aufmerksamkeit. Frau König war für mich leider keine regelmäßige Patientin und so sahen wir uns zwischen den Einsätzen manchmal einige Wochen oder gar Monate nicht wieder.

Bei einem erneuten Einsatz an irgendeinem Samstagnachmittag war meine Wiedersehensfreude anfangs groß. Endlich war Zeit für Nervennahrung.

Wir begrüßten uns wie gewohnt. Im Wohnzimmer war überraschenderweise ein Kaffeeservice für drei Personen bereitgestellt. Das war neu. Ich fragte, wer noch erwartet würde und Frau König flüsterte: „Mein Sohn, er ist hier". Ich sah niemanden weit und breit, wir waren eindeutig nur zu zweit in der Wohnung. Zu hören war auch sonst niemand. Frau König sah sich verstohlen um und flüsterte hinter vorgehaltener Hand: „Mein Sohn, er versteckt sich". Das war irgendwie schräge. Ob wir ihn mal suchen sollten, fragte ich leicht verschwörerisch und augenzwinkernd. Leicht stutzig geworden hoffte ich trotzdem, Frau König sei doch noch halbwegs klar bei Verstand und meine Bemerkung könne von ihr als Scherz verstanden werden. Frau König nickte mit weit aufgerissenen Augen und presste ihre Lippen dabei fest aufeinander. Es sah so aus, als freute sie sich diebisch, ihren Sohn nun endlich entdecken zu können. Wir gingen gemeinsam durch die weitläufige Wohnung und sahen in sämtliche Räume, guckten sogar in den Schränken nach - von ihrem Sohn aber keine Spur. Wir brachen die Suche ab. „Wir fangen schon an, er kommt wohl gleich dazu", sagte Frau König dann und setzte sich an den Küchentisch. Sie fing an zu essen und fixierte mit ihrem Blick irgendetwas, das hinter mir liegen musste. Sie war nun eine tatsächlich wahrhaft Suchende.

Ich weiß nicht, wie es so unglaublich schnell zu dem Persönlichkeitswandel gekommen war, aber die alte und mir vertraute Frau König gehörte hiermit der Vergangenheit an. In der Station ging das Gerücht um, es müsse mit ihrem Sohn zu tun gehabt haben, irgendein tragischer Vorfall mit weitreichenden Folgen und jeder Menge großen Unglücks, niemand allerdings wusste irgendetwas Genaues. Zu einem weiteren Einsatz ist es interessanterweise nie mehr gekommen.

Auf dem Einsatzplan stand am gleichen Tag ein für mich noch unbekannter Patientenname, es handelte sich um eine Frau Watzke in der Himmelstraße. Vorgesehen war ein kurzer Abendeinsatz mit Abendbrotzubereitung, Tablettengabe, Hilfe beim Umziehen für die Nacht, ebenso für den Folgetag (*dürfte eigentlich nicht allzu schwierig werden*). Ich schloss die Eingangstür auf und stand sogleich in einer finsteren Wohnung. Es roch ein wenig muffig, fast ein bisschen säuerlich. „Guten Abend, Frau Watzke!" – keine Antwort. Auch kein Lichtschalter war zu ertasten, der Flur blieb komplett dunkel. Ein optimaler Start fühlte sich anders an. Ich versuchte, irgendeinen Lichtschalter in einem Nebenraum zu ertasten und sorgte unfreiwillig für einbrecherartige Geräusche. Ein Mantel fiel raschelnd vom Garderobenhaken (inklusive seines dazugehörigen Holzkleiderbügels, der allerdings laut polternd). Nun kam plötzlich doch noch Leben in die Bude. Frau Watzke erwachte aus dem Dunkeln und bellte los: „Wer sind Sie? Wieso sind Sie in meiner Wohnung? Erklären Sie sich!" Ich erschrak, drei harte Sätze auf einmal, stakkatohaft abgegeben aus einer ebenfalls finstern Ecke der Wohnung, es fühlte sich an wie in einem schwarzweiß gedrehten Gruselfilm in Echtzeit. Ich folgte dem Klang der Stimme und lugte um die nächste Flurecke, schob einen ertastenden Satz voraus in der Art von „Guten Abend Frau Watzke, ich bin Alexander aus der Sozialstation, Ihr Abenddienst!" Eine Stehlampe im Raum ging an, nun stand ich vor ihr.

Eine füllige Dame mit scharfem Profil, scharfer Brille und aschblonder Perücke saß in einem braunen Sessel vor einem Wohnzimmertisch. Die ganze Wohnung schien original peacig eingerichtet im Design der frühen Siebzigerjahre, farbig, flauschig und blumig, das passte so gar nicht zusammen. Ihr Blick war auch nicht friedliebend, da ging bestimmt noch mehr zum Thema Attacke. Ich wurde eingehend gemustert, gleich würde es Saures geben. „Sie können gleich wieder gehen!" Die schroffe Ansage klang vollkommen unzweideutig. „Das kann ich zwar schon, aber es kommt dann niemand anderes mehr. Dann müssen Sie sich Ihr Abendbrot alleine zubereiten und selber für die Nacht fertigmachen" (*oho, so nicht, bitteschön!*).

„Das kann ich nicht, das wissen Sie doch!" „Ja, nein, ich weiß, deswegen bin ich ja jetzt auch hier". „Ich will hier keine fremden Männer. Gehen Sie bitte jetzt!" Frau Watzke erwies sich als harter Brocken, ich pustete kurz durch und startete einen neuen Anlauf. „Frau Watzke, es tut mir leid, aber es geht nicht anders. Irgendjemand muss Ihnen heute helfen!" „Mein Willen wird nicht respektiert, das ist nicht akzeptabel!" „Liebe Frau Watzke, das kriegen wir schon gemeinsam hin, es ist nur für heute Abend und äh, morgen Abend wohl auch noch…" „Behandeln Sie mich nicht wie ein Kind!" „Das muss ich sonst schon häufig genug, deswegen würde mir das bei Ihnen nie einfallen". Frau Watzke dachte kurz nach. „Wieso behandeln Sie andere Patienten wie Kinder?" „Nein, ich behandele sonst Kinder wie Kinder". „Wieso behandeln Sie Kinder? Sind Sie kein richtiger Altenpfleger?" (*wann wird die endlich friedlich?*). „Nein, also doch, ich bin Student und arbeite nebenher in der Station". Kurze Feuerpause. „Aha, was studieren Sie denn?" Die Lage entspannte sich ein wenig. „Pädagogik, ich werd' Lehrer" (*Beruf mit Kindern, kommt immer gut an*).

Frau Watzke hörte auf zu granteln und blickte mich stumm an. Offenbar regte sich ein wenig Nachsicht in ihr oder die Resignation siegte. „Mein Sohn ist Professor für Pädagogik an der Universität Hamburg!" (*na und, da wird er nicht der einzige sein*). In ihrem Blick lag etwas Erwartungsvolles, offenbar erwartete sie irgendeine Form von Ehrerbietung oder Respekt ihr oder ihm gegenüber. Sie trug ihre scharfe Brille also nicht umsonst. Ich überlegte kurz und tat ihr den Gefallen, sei's drum.

„Ach, das ist ja toll – Ihr Sohn ist nicht zufällig Harald Watzke?" flötete ich. Es gab ihn tatsächlich – er lehrte Grundschulpädagogik, bei ihm hatte ich vor einigen Semestern mal ein Seminar belegt. Ganz im Gegensatz zu seiner Mutter war Harald Watzke ein eher sanfter und phlegmatischer Typ, fast schon an der Grenze zur Altersmilde. Das passte irgendwie, beide Charaktere glichen sich zusammengenommen hervorragend aus. „Ja. Kennen Sie ihn?" Ich sagte ihr, woher ich ihn kannte. Längere Feuerpause. „Aha, aha!" Frau Watzkes Reaktion stellte einen immens großen Fortschritt in unserer noch jungen Beziehung dar. „So, so!" (*klasse, nun hat die Furie ihr Pulver verschossen*). Es entstand eine lange Pause, wir grinsten beide leicht hilflos. Ich wurde letztlich doch nicht rausgeschmissen und durfte den Abenddienst recht geruhsam beenden. Richtig herzlich wurden der folgende und sogar einige zukünftige Abendeinsätze zwar nicht mehr, aber immerhin hatte sich Frau Watzkes cholerisches Gemüt ein wenig beruhigt. Hier wurde wieder eine Art spiritueller familiärer Einfluss spürbar, wenn auch in ganz anderer Hinsicht als im Einsatz zuvor.

14. Der Kommissar geht nicht um

Herr und Frau Hans lebten in der Alsterdorfer Straße in einem schönen Altbau mit schon fast feudalen Wohnungen. Ein hölzernes, linoleumbehandeltes und nach Bohnerwachs riechendes Treppenhaus führte knarzend bis unter das Dach. Die Fassade war hell gestrichen, das Mauerwerk unzerbröselt. Sie waren augenscheinlich gut integriert in die Hausgemeinschaft, die wirkte wie das Haus selbst, intakt also. Man bekam häufig Besuch von den Nachbarn. Stammgast war ein Herr Stanković, der bei den Hans' wie selbstverständlich ein- und ausging. Er versorgte beide gelegentlich mit mehr oder weniger extravagant wirkenden Lebensmitteln aus einem der nahen Supermärkte (Ćevapčići, serbische Bohnensuppe, Slivovitz, Cremegebäck – ganz sicher jedoch Alltägliches für Herrn Stanković). Beide waren insgesamt noch recht vital, Patientin bei uns war allein Frau Hans. Sie benötigte Hilfe bei der täglichen Grundpflege und der umfangreichen Medikamentengabe.

Herr Hans war Kriminalbeamter im Ruhestand und hatte sich nach dem Eintritt in die Pension noch ein wenig als Kaufhausdetektiv ausgelebt. Häufig gab er Kostproben seines Könnens; dann schlich er unauffällig durch die weitläufige Wohnung und tauchte plötzlich an den unmöglichsten Stellen wieder auf. Gelegentlich demonstrierte er auch seinen gefürchteten Schulterblick, er schien dann gleichzeitig vorwärts und rückwärts gucken zu können. Vermutlich halfen ihm dabei die dicken Gläser seiner Brille, die die gesamte Umgebung wie ein Spiegel reflektierten. Trotz seines fortgeschrittenen Alters wirkte er körperlich unglaublich stabil. Seine Figur hatte etwas von einem mittlerweile nur leicht in die Jahre gekommenen Preisboxers: etwas füllig um den Bauch herum, dafür noch mit breiten Schultern. Außerdem besaß Herr Hans Hände in der Größe von Bratpfannen. An der Wirksamkeit seiner ehemaligen beruflichen Handlungen bestand kein Zweifel. Manchmal erzählte er aber auch schlichtweg Quatsch. So sei er etwa im Rahmen einer internationalen Fahndung an dem Auffliegen einer gefährlichen amerikanischen Rockergruppe beteiligt gewesen, nämlich den Los Angeles. Und während seiner Hospitation bei der Münchener Kripo habe er einmal mit Horst Tappert zu Mittag gegessen, nachdem dieser zuvor einen Mörder ertappt hatte. Potzblitz! Fehlte nur noch, dass sein Cousin Eduard Zimmermann geheißen hätte.

An einem gewöhnlichen Sonntagmorgen erschien ich zum ersten Einsatz des Tages. Als ich die Wohnungstür öffnen wollte, kam ich zunächst nicht weit beziehungsweise nicht einmal hindurch. Irgendein Widerstand sorgte dafür, dass die Tür nur stückchenweise nachgab. Ich schaute nach unten und sah, dass sich ein Teppichläufer vor die Tür geschoben hatte und wie ein Bremsklotz wirkte. Ich strich den Teppich irgendwie hemdsärmelig zurecht und betrat die Wohnung im Storchenschritt, kam aber erneut nicht weit. Frau Hans lag gekrümmt direkt hinter dem Eingang auf dem Fußboden. Ihr Blick ging in Richtung Zimmerdecke, die Arme hielt sie angewinkelt an ihren Körper. Sie war nur mit ihrem Nachthemd bekleidet, über sie gelegt war eine dünne Wolldecke. Frau Hans wimmerte leise vor sich hin und zitterte leicht. Herr Hans saß apathisch in einem der Wohnzimmersessel und schien komplett verwirrt. Das Telefon stand direkt vor ihm, daneben ein aufgeschlagenes Telefonbuch sowie ein privates Adressbüchlein. Ein paar leere Bierflaschen leistetem einem vollen Aschenbecher Gesellschaft. Es schien, als hätte er die ganze Nacht über in dem Sessel verbracht und sich gefragt, was er tun solle. Vielleicht fragte er sich auch, wo er war oder wer die Person auf dem Boden des Flurs war. Angerufen hatte er jedoch niemanden, sagte er zumindest.

Ich rief den Notarzt. Innerhalb von wenigen Minuten hielt der Wagen vor dem Haus, zwei Sanitäter stürmten hinein. Nach eingehender Untersuchung lag die erste Diagnose vor. Frau Hans hatte wohl einen Schlaganfall erlitten und kam sofort ins Krankenhaus. Herr Hans blieb verwirrt zurück. Herr Stanković erschien glücklicherweise ein wenig später und gab ihm (und sich) erstmal einen aus, živeli. Warum sein Scharfsinn ausgerechnet jetzt ausgesetzt hatte, vermochte Herr Hans nicht zu sagen. Manche Fälle bleiben für immer ungelöst.

Das Wohnhaus an der Alsterdorfer Straße (Fotografie)

15. Herrn Dr. Zischlers Bilder

Ein gewisser Dr. Zischler sollte in einer der vielen Kleingartensiedlungen in Groß-Borstel wohnen. Dahin musste rasch ein spontaner Vertretungseinsatz am Wochenende gehen, Informationen zum Einsatz gab es kaum, irgendetwas war irgendwie schiefgelaufen. Schwester Evita klaubte mir das Wesentliche zusammen. Im Notfall wäre sie telefonisch zu erreichen, immerhin. Mit dem Rad ging es dann wie üblich quer durch die Stadt. Die Siedlung entpuppte sich als eine derjenigen trüben Gartenanlagen, in denen schon ab Ende des zweiten Weltkrieges die meisten Lauben zu kleinen Wohnhäusern umgebaut worden waren. Sie erhielten verstärkte Wände und die notwendigen sanitären Anlagen. Die Grundstücke waren hier allesamt ordentlich parzelliert und sahen sehr gepflegt aus. Alle hatten sie einen akkurat geschnittenen Rasen, sauber angelegte Blumenbeete oder waren vorschriftsmäßig von einem normierten Jägerzaun umgeben. Gelegentlich rundeten allerdings eher schlaff an den Masten hängende Deutschlandfahnen oder bunte Ansammlungen von Gartenzwergen das triste Bild ab. Vor lauter Ordnungswahn entschied ich mich, mein Rad durch die engen Schrebergartenwege zu schieben. Womöglich hätte es sonst ein Bußgeld nach § 08/15 der Bundeskleingartenverordnung gesetzt. Das Grundstück des Dr. Zischler wich erfreulicherweise vom Üblichen ab. Es gab keinen nennenswerten Zaun, extra angelegte Blumenbeete waren auch nicht vorhanden und wo das Grundstück anfangen oder aufhören sollte, war in dem Dickicht aus struppigen Büschen und hohen Sträuchern kaum zu erkennen. Der Rasen war lange nicht gemäht worden und umschloss wuchernd mehrere wild vor sich hinwachsenden Bäume. Trotzdem bot sich mir kein verwahrlostes Bild dar, eher ein wohltuender Kontrast zum übrigen Einerlei, so etwas wie ein sympathisches Kleinod, eine Art Solitär. Alle Achtung, hier hatte sich jemand durchgesetzt.

An der Haustür öffnete mir eine hagere Frau mit langen grauen Haaren, gekleidet mit einem langen Morgenmantel in verwaschenem Beige. Ihr leicht starrer Blick ging ein wenig an mir vorbei in Richtung Nirgendwo. Sie wirkte wie eine zu groß geratene Elfe. Ich wusste nicht, ob ich mich wohl in der Tür geirrt hatte. Unwillkürlich nahm ich an, bei einem Dr. Zischler müsse es sich um einen Mann handeln. Ich stellte mich wie üblich vor mit den Worten „Guten Tag, ich bin der Alexander von der Sozialstation und…", wurde aber von der Fabelwesendame im gleichen Moment mit einladender Geste ins Haus gebeten. Offenbar war ich also doch richtig und wurde schon erwartet. Ich trat ein und sah einen alten Mann aufrecht auf einem Sofa direkt vor mir sitzen. Er lächelte mich an und streckte mir seine Hand entgegen, ich ging auf ihn zu. „Guten Tag, ich bin der Alexander von der Sozialstation und..." Ich kam nicht weiter. „Zischler", sagte er bestimmt. Sein Händeruck war für einen Mann seiner schmalen Statur erstaunlich kernig. Herr Dr. Zischler benötigte Hilfe bei der Grundpflege, mehr nicht. Ein Routineeinsatz, das war gut. Die Elfe stellte sich als seine Tochter heraus. Sie versuchte sich allem Anschein nach um den Haushalt zu kümmern, wie selbstverständlich fing sie zumindest an, mir Waschzeug aus dem Badezimmer zu reichen. Dabei wirkte sie ein wenig überfordert, es schwappte und klirrte deutlich hörbar durch die Laube. Wahrscheinlich war wohl, dass beide sich gegenseitig halfen. Herr Dr. Zischler gab fortwährend leise Hinweise und seine Tochter fragte immerzu unsicher nach, was sie tun solle.

Beim Waschen mit kaltem Wasser (warmes nahm er grundsätzlich nicht) wies Herr Dr. Zischler beiläufig auf seine kleine Gemäldesammlung. Etwa zwanzig Bilder hingen farblich passend gerahmt an der Holzvertäfelung der Gartenlaube. Alle waren von ausnehmender Qualität. Keines hatte etwas mit dem üblichen Tand der in den meisten Wohnungen hängenden „Kunstwerke" gemeinsam. Ich war tief beeindruckt und tippte auf bekannte norddeutsche Landschaftsmaler, gefühlt dicht dran an der Liga Caspar David Friedrichs. Ich fragte Herrn Dr. Zischler, wie er zu den Bildern gekommen sei, er müsse bestimmt einiges an Geld und Zeit zu ihrer Beschaffung aufgewendet haben. „Weit gefehlt, junger Mann, die hab' ich alle selber gemalt. Hier bin ich morgens um vier ins Bremer Blockland gefahren, um den Sonnenaufgang zu malen. Das hier ist ein Strandabschnitt von Norderney. Das ist Husum, erkennen Sie vielleicht". Erkannte ich zwar nicht, war aber dennoch tief berührt. Sämtliche Bilder waren in prächtigen Farben gehalten und vermittelten einem den Eindruck, man stünde mitten im Dargestellten, sie sogen einen förmlich hinein. Von grauem Strand und grauem Meer und grauer Wandergans mit hartem Schrei in grauer Herbstesnacht war keine Spur zu erkennen.

Stattdessen strahlte jede einzelne der von Herrn Dr. Zischler gemalten Landschaften etwas zutiefst und sehr angenehm Melancholisches aus. Sie wirkten wie irreale Darstellungen von Vergangenem oder vielleicht Zukünftigem, fast wie Visionen aus Zeiten, in denen es keine Ödnis gab oder geben wird. Kein einsames Leben ohne Ehefrau, kein Sich-Kümmern-Müssen um die eigene Tochter, keine fade Gartenlaube in spießiger Umgebung - nur Licht, Wärme, Farben, letztlich Kraft und Zuversicht und fühlbarer Frieden mit sich und dem, was einen umgibt. Das Gartengrundstück war ebenso eine Art Gemälde, ein schönes Bild, das sich nun selbst erklärte. Zum Abschied drückten wir uns fest die Hände. Seine Tochter brachte mich zur Tür. Wir winkten uns noch einmal zu, als ich mit dem Rad um die Ecke fuhr und darauf pfiff, es zu schieben.

Norddeutsche Landschaft (Gemälde des Herrn Dr. Zischler)

16. Quartalssaufen ist nicht unnormal

Frau Conradi lebte in der gediegenen Bussestraße auf der Grenze zwischen Winterhude und Alsterdorf. Sie galt als schwierige Patientin mit einer Neigung zu unkontrollierten Gefühlsausbrüchen. Nicht jeder kam mit ihr zurecht, nicht mit jedem kam sie zurecht und mit jeder schon gar nicht. Einer jüngeren Krankenschwester hatte sie einmal eine geknallt und hinterher offiziell behauptet, sie habe nur eine Fliege verscheuchen wollen. Das war recht plausibel und hätte auch als Entschuldigung durchgehen können, wenn sie ihr nicht beim nächsten Mal die Wange gestreichelt und dabei wie zufällig reingekniffen hätte. Ruckzuck war die Lippe dick. Es war stets Zufall, ob man die Einsätze unbeschadet überstand, ein wenig wie beim Russisch Roulette. Ebenso sprunghaft waren ihre Bemerkungen. In irgendeinem Gespräch hatte sie einmal beiläufig erwähnt, sie käme aus der nördlichsten Stadt Deutschlands. Das ist ja ein Zufall, meinte ich, in der Nähe von Flensburg würden zwei Cousinen von mir mitsamt ihren Familien wohnen. Frau Conradi funkelte mich an und fast hätte ich selbst eine gescheuert bekommen, ihre rechte Hand fuhr schon leicht nach oben. Dann giftete sie los: „Ihr jungen Leute wisst überhaupt nichts mehr! Ich bin aus Memel!" Nun ja,

93

hierauf gab es keine Widerrede. Ich hatte tatsächlich keine Ahnung, ob es die nördlichste Stadt war oder nicht. Nachfragen wollte, konnte und durfte ich schon gar nicht. Woher sich ihre konstant schlechte Laune speiste, ließ sich anfangs nur vermuten. Ihr Sohn wohnte mit ihr unter einem Dach, ein Studienabbrecher der Biologie und jetzt arbeitslos. Der sei zu „nichts Nutze" und würde ihr nur das Geld aus der Tasche ziehen. Außerdem sei er schwul. Ich fand alle drei Umstände nicht schlimm, hielt aber mit Rücksicht auf meine körperliche Unversehrtheit vorsichtshalber die Klappe.

Frau Conradi hatte Anfang der Dreißigerjahre als junge Frau eine Direktricen-Ausbildung in Paris absolviert und danach noch einige Zeit in Moskau gearbeitet. Für die damalige Zeit war das zweifelsfrei der Knaller (passt semantisch auch gut zu Ohrfeigen). Sie sprach noch immer leidlich Französisch sowie Russisch, wovon sie gerne Kostproben gab. Es klang authentisch in meinen ungeschwollenen Ohren, auch wenn ich absolut keine Ahnung hatte, was sie erzählte – was konnte *Scheromponsletäterö* oder *Janjktrokbwjst* bedeuten? In einem Anflug von Schabernack gab ich im Gegenzug einmal vor, ein wenig Chinesisch zu können („Wissen Sie eigentlich, was Baum auf Chinesisch heißt? Ne? Also, Baum heißt - Tam. Zwei Bäume heißt – Tamtam. Klar, oder? Und wissen Sie nun, was Wald auf Chinesisch heißt? Ne? Wirklich keine Ahnung? Also, Wald heißt Tamtamtamtamtamtamtamtamtamtam, haha!"). Leider kam der Witz nicht gut an, auch der zweite nicht („Wissen Sie eigentlich, was Dieb auf Chinesisch heißt? Ne? Also, Dieb heißt - Langfing. Klar, oder? Und wissen Sie nun, was Polizist auf Chinesisch heißt? Ne? Wirklich keine Ahnung? Also, Polizist heißt – Langfingfang, haha!"). Als Reaktion erntete ich ein jeweils nur müdes Kopfschütteln in Verbindung mit einem durch die Lippen gequetschten „Pffft". Vermutlich hatte sie sich das Divenhafte noch aus ihrer Zeit in Frankreich bewahrt. Sie trug ihr langes graues Haar zu einem strengen Pferdeschwanz gebunden und sah in ihren selbst entworfenen und geschneiderten Kleidern überaus würdevoll und stolz aus. Hier trug jemand ausnahmsweise keine Konfektion, das stand ihr gut. Mit einer schwarzen Sonnenbrille auf der Nase hätte man sie aus einiger Entfernung und mit etwas gutem Willen für Karl Lagerfeld halten können. Einen Fächer hatte sie zwar nicht, dafür aber eine sehr umfangreiche Hutsammlung. Moskau war anders als Paris gemeinhin für ein eher kühles Klima bekannt.

Ich betrat bei einem beliebigen sonntäglichen Morgeneinsatz ihre Wohnung und stand ab Mitte des Wohnzimmers in einem Meer aus Glas (noch dazu

95

in einer Duftwolke, die an eine Mischung aus Provence und Taiga erinnerte). Mit den vielen leeren Wein- und Wodkaflaschen hätte man problemlos Kegeln spielen können. Von ihrem Sohn war keine Spur zu sehen, Hilfe also nicht zu erwarten. Frau Conradi lag angezogen auf ihrem Bett und schnarchte fröhlich vor sich hin. Beim Ausatmen schlackerte ihr gesamtes Gesicht ein wenig. Ansonsten war nichts Außergewöhnliches zu bemerken. Vielleicht täuschte ich mich auch, aber auf ihrem Gesicht war weit mehr als nur die Spur eines Lächelns zu sehen. Als träumte sie etwas sehr Angenehmes, vielleicht von irgendeinem schönen Erlebnis auf den Champs Elysees oder dem Roten Platz (beziehungsweise Schampus Elysees und Blauer Platz). Oder war sie einfach nur froh, der alltäglichen Misere im Allgemeinen und der speziellen mit ihrem Sohn zu entfliehen. Ab und zu zuckte ihre rechte Hand. Vielleicht hatte sich im Traum noch jemand eine eingefangen.

Meinen Ärger über die wegzuräumende Batterie an Flaschen schluckte ich in diesem Falle hinunter. Gerne hätte ich jetzt selbst ein Schlückchen zu mir genommen, aber alle Flaschen waren restlos leer. Ich rief in der Station an und berichtete über Frau Conradis desolaten Zustand (obwohl sie eigentlich nicht sehr *désolée* wirkte). Schlafen lassen, auf eine angemessene Liegeposition und freie Atemwege achten, so lauteten die Anweisungen. Irgendwann würde sie schon wieder in der Realität ankommen. Als Vermerk in die Patientenakte schrieb ich ein wenig schelmisch grinsend hinein: Der Einsatz bei Frau Conradi war heute ein im wahrsten Sinne des Wortes *voller* Erfolg.

Ein bekanntes Alkohol-Label in kyrillischer Variante
(Fotografie)

17. Ein Spaziergang

Frau Harnisch-Schwarz lebte allein im ersten Stock eines unauffälligen Rotklinkerbaus in der Carl-Cohn-Straße. Vor dem Hauseingang standen immer mehrere Fahrräder und ein paar feststehende Bänke herum, eine Rasenfläche lag davor, das Ensemble war von hübschen Hecken umgeben. Etliche Bewohner saßen hier oft bei schönem Wetter zusammen und erfreuten sich an der guten Nachbarschaft. Dann spielten Kinder mit wohlerzogenen kleinen Hunden und neugierige Senioren genossen die Wärme. Frau Harnisch-Schwarz hatten davon nur wenig. Eine unheilbare Nervenkrankheit hatte ihr schleichend die volle Kontrolle über Arme und Beine genommen. Selber konnte sie sich in ihrer Wohnung nicht mehr sicher bewegen, die meiste Zeit des Tages verbrachte sie deswegen liegend im Bett. Ihr Sprachvermögen war zudem fast komplett verloren gegangen, verständliche Worte konnte sie kaum noch von sich geben. Ihr Ehemann hatte sie kurz nach dem Auftreten der Krankheit in Erwartung steter Verschlechterung schon früh verlassen. Ihre einzige Tochter lebte in München und ließ sich ebenfalls nicht blicken – von den Stammpflegerinnen hatte sie niemand je angetroffen. Allein einige Fotos in klapprigen Bilderrahmen zeugten im Wohnzimmerschrank von ihrer fernen Existenz. Die Grundpflege bei Frau Harnisch-Schwarz war sehr kompliziert, beim Waschen zuckte ihr ganzer Körper hin und her. Es war auch nur schwer möglich, sie irgendwie vernünftig anzuziehen. Meist winkelte sie ihre Arme und Beine zu stark an, ein Überstreifen von Blusen oder Hosen war dann kaum machbar. Beim Füttern schlugen ihr Ober- und Unterkiefer unkontrolliert aufeinander, es dauerte lange, bis sie auch nur kleinste Bissen heruntergeschluckt hatte. Zum Trinken musste Frau Harnisch-Schwarz eine Schnabeltasse gereicht werden, doch auch diese erfüllte ihren Zweck kaum. Sie prustete mehr hinein, als dass sie daraus trank. Zudem musste man die Tasse wirklich jedes Mal sehr gut festhalten, sonst wäre sie durch das Hin- und Herschlagen ihres Kopfes regelmäßig an der gegenüberliegenden Seite des Zimmers gelandet. Nur die Augen von Frau Harnisch-Schwarz waren gelegentlich so ruhig und klar wie ein stiller See irgendwo im hohen Norden.

Wie wir uns irgendwann einmal darauf verständigt hatten, einen Spaziergang auf dem Fußweg der Straße zu unternehmen, weiß ich nicht mehr. Es muss Übermut oder Leichtsinn gewesen sein, irgendwas mit *Totalegaldasmachenwirjetzt*. Ich nahm Frau Harnisch-Schwarz auf meine Arme und hob sie aus dem Bett. Sie war viel schwerer als angenommen. Die kühnen Helden aus den Hollywoodstreifen hatten irgendwie eine solidere Tragetechnik, die ich leider nicht kannte. Wir schwankten schon nach zwei Metern wie Vollmatrosen beim Landgang. Sie versuchte, sich an mich zu klammern, doch ihre Arme brachten keine spürbare Umklammerung zustande. In ihren Augen spiegelte sich alles andere als Zuversicht, auch keine Ruhe, doch kneifen ging jetzt nicht mehr. Ich hielt Frau Harnisch-Schwarz ein wenig fester und gemeinsam kamen wir das Treppenhaus doch noch halbwegs heil hinunter. Auf dem Fußweg angekommen, hakte sie sich bei mir erstaunlich fest ein, vielleicht kam es mir aber auch nur so vor. Wir machten zusammen einige langsame Schritte in Richtung Winterhude.

Frau Harnisch-Schwarz atmete hörbar schwer durch und sagte plötzlich: „Hsduzigartn?" Ich verstand nicht. Frau Harnisch-Schwarz wiederholte ihre Frage mühevoll und sah mir in die Augen, eindringlich und hoffend. „Hsduzigartn?" Ich war noch immer komplett ahnungslos und hob fragend die Schultern. Schließlich nahm sie die rechte Hand zitternd von meinem Arm und führte ihre Finger mit der gleichen Geste zum Mund, mit der man andeutet, eine Zigarette rauchen zu wollen. Endlich war mir klar, was sie wollte. Leider hatte ich keine. Wir torkelten ernüchtert weiter. Nach einigen weiteren Metern tauchte vor uns am Straßenrand überraschend ein Zigarettenautomat auf, alles schien sich nun zum Guten zu wenden. Doch bei diesem Automatenmodell bekam man nur gegen das Einstecken des Personalausweises oder Führerscheins die begehrten Glimmstängel. Ich hatte weder einen modernen Personalausweis noch Führerschein im Kreditkartenformat, lediglich den altrosafarbenen Lappen beziehungsweise die gemischtgrüne Plastikkarte. Beide waren in diesem Falle total nutzlos. Ich sah Frau Harnisch-Schwarz hilflos an und zuckte erneut mit den Schultern. Sie ließ ihren Kopf nur müde hängen. Wir drehten um und gingen den gleichen Weg mühsam zurück zur Wohnung. Niemand kam uns qualmend entgegen, so konnte ich niemanden um eine Kippe bitten. Ich nahm mir fest vor, für den nächsten Spaziergang ein Päckchen Zigaretten zu besorgen. Sie sollte dann so viel wegdampfen, soviel sie mochte.

„Milde Sorte" hätte ein passendes Produkt sein können, doch dieses gab es schon lange nicht mehr. Der Markenname ist einmal von einer deutschen Rockband in einem Songtext extrabreit erwähnt worden, gegenübergestellt wurde ihm die Härte des Lebens. Das Lied stammt aus der Epoche der „Neuen Deutschen Welle", aus einer Zeit, in der ich noch klein war und Frau Harnisch-Schwarz mich auf dem Arm hätte tragen können.

18. Heiliger Bimbam!

Die Wohnung von Schwester Margarethe an der Sengelmannstraße glich einem exquisiten Privatmuseum. Lithographien von Marc Chagall hingen an den Wänden, alle farbenfroh und mystischschwerverständlich (wie dieses Wort). Daneben hingen einige von ihr selbst erstellte Skizzen, ebenfalls mit überwiegend religiösen Motiven. Unendlich viele Bücher standen aufgereiht in den vielen Regalen, alle waren sie passend dekoriert mit stimmungsvollen, leicht sinistren Schwarzweißfotografien in kleinen Rahmen. Dazwischen fanden sich Kreuze in vielfältigen Ausführungen, mehrere Rosenkränze, Andenken aus allen möglichen Ländern, gestapelte Papiere aus vielen Jahrzehnten. Keine Frage, Schwester Margarethe hatte in ihrem bisherigen Leben vermutlich mehr geistig verarbeitet als die übrigen Mitbewohner ihres Hauses zusammengenommen. Die Einsätze bei Schwester Margarethe waren rein diakonischer Art, vorgesehen also nur für junge Menschen aus dem Sozialen Jahr. Hier sollten in christlicher Tradition bestimmte Werte vermittelt und weitergegeben werden, an sich eine schöne Idee.

Eines Tages war ein Geistlicher in Soutane zugegen. Ein normaler Pastor war er nicht, dazu sah er irgendwie zu schick angezogen aus. Er saß am Wohnzimmertisch, Schwester Margarethe dicht neben ihm. Draußen war es recht warm, das Fenster stand offen, laue Stadtluft drang hinein. Gegen den Durst behalfen sich beide mit reichlich Geistigem aus kunstvoll verzierten Flaschen, auf ihnen klebten kryptisch oder kyrillisch per Hand beschriftete Etiketten (in der Art von „Gebrannt vor langer Zeit, mit mindestens ordentlich Prozent"). Ganz offensichtlich - hier handelte es sich um nicht alltäglich fabrizierte, zweifelsfrei edle Tropfen. Die verschleiernde Wortschöpfung „Klosterfrau Melissengeist" erhielt in diesem Zusammenhang eine völlig neue Bedeutung.

Beide bestaunten ein seltenes Exemplar einer in Altgriechisch verfassten Bibel und freuten sich wie Kleinkinder beim Auspacken eines Weihnachtsgeschenkes. Ich hörte sie einzelne Textphrasen rezitieren, leider verstand ich nichts. Schwester Margarethe und der fromme Hirte waren völlig hingerissen vom Spirit beziehungsweise dem Spirituosenkonsum. Es sah ein wenig so aus, als würde der seelige Eros zartrosa Pfeile abschießen, ein wirklich süßer Anblick. Im Kühlschrank standen als Reserve noch eine Flasche Retsina, zwei Flaschen Metaxa und drei Flaschen Ouzo. Hut ab und *jamas*! Ich vermutete noch vier Flaschen einer anderen heiliggeistreichen Köstlichkeit irgendwo in der hinteren Ecke des Küchenschranks, wurde aber nicht fündig. Ich ließ die turtelnden Friedenstauben allein – was ihnen sehr recht war - und fuhr los.

In der Station angekommen, ging ich schnurstracks in das Zimmer von Herrn Happje, unserem zweiten Diakon. Sein Äußeres wirkte vertrauensvoll mit dem rundlichen Gesicht, weichen Bart, kugeligen Körper, der weichen Stimme. Rund und weich, wie ein Werbeslogan für Cognac oder Käse, irgendwas mit Genuss jedenfalls. In seinem Zimmer stand immer ein Kasten der mythenumrankten Dienstselter, diese war mein Ziel. Eigentlich wollte ich nur meinen Durst löschen, fand aber alle Flaschen leer vor, dazu ihn jedoch überraschenderweise halbvoll mit Schwester Irmgard auf dem Safa sitzend. Ein gewisser Anstandsabstand zwischen beiden war gerade eben so zu erahnen. Schwester Irmgard hatte einen legendären Ruf in unserer Station, weil sie als einzige achtzigjährige Ordensschwester noch aktiv auf Hamburgs Straßen unterwegs war. Ihr Dienstgolf der ersten Serie war absolut schrottreif und wurde nur vom überall durchschimmernden Rost zusammengehalten. Auch das Getriebe hakte bedenklich – für Schwester Irmgard stellte dies alles jedoch kein nennenswertes Problem dar. Mit göttlichem Beistand fuhr sie auch im dritten Gang noch locker an und durch jeden TÜV noch dazu. Je oller, je doller - das Motto traf in ihrem Fall zweifelsfrei zu.

Wir tranken ein Dienstbier zusammen (hervorgezaubert aus der letzten Ecke des Kühlschranks) und wollten uns in den Feierabend verabschieden, doch es rumste und Kollege Stefan schwankte durch die Eingangstür. „Hhallo, ihr noch hier, nix los zu Hause oder was?" Glasiger Blick, Fahne, alles klar, Stefan war duhn und hatte ordentlich Schlagseite. Nicht unnormal für ihn, als alter Segler ging einiges zum Thema Sauferei. Außerdem hatte er in jedem Hafen zwischen Glückstadt und Glücksburg eine Braut und seine Braut hier hieß Schwester Martina. Sie erinnerte an die Mädels von Seite drei einschlägiger englischer Tageszeitungen wie *Sun* oder *Daily Dingsbums*, nur weniger plump, aber mindestens genauso drall. Ihre Korkenzieherlocker hatten zwar immer den gleichen künstlichen Gelbton, ansonsten schien aber alles echt an ihr. Lustiger Zufall, sie segelte etwas zeitversetzt in seinem Windschatten hinterher und nun saßen wir plötzlich zu fünft auf dem Sofa.

Geplant hatten die Vier das sicher anders, verwirrter Amor oder was auch immer. Ich musste grinsen. Stefan wollte wieder los, woanders in See stechen oder zumindest Segel setzen, doch Martina kam nicht mehr hoch aus den Kissen. Schwester Irmgard stimmte leise irgendeinen Choral an, in dem es um die Liebe als verbindendes Band des von Jesus, unserem Herrn, geschaffenen Menschengeschlechts ging. Wir tranken zusammen das Dienstbier aus; irgendwann zog ich los und ließ die vier seeligen Turteltauben zurück. Die hatten den Abend noch vor sich (oder zumindest eine Ahnung davon, wie er hätte laufen können).

Ochs und Esel im Stile Marc Chagalls (Mischtechnik)

19. Was heißt hier schizophren?

Herr Schwerdtträger wohnte alleinstehend in einer gewöhnlichen Wohnung in der Bilser Straße. Er konnte sich selbst nicht mehr richtig versorgen, denn er war als schizophren diagnostiziert worden und handelte entsprechend. Das heißt, er war sich seiner gespaltenen Persönlichkeit selbst nicht bewusst und lebte gleichermaßen in der realen und seiner irrealen Welt. Ich lernte Herrn Schwerdtträger allerdings in immer nur einer einzigen persönlichen Verfassung kennen: äußerst freundlich und zuvorkommend, sehr aufmerksam und redselig. Gelegentlich kamen wir ins Philosophieren und quatschten, was das Zeug hielt. Das machte Spaß, er war ein eloquenter Gesprächspartner. Häufig machte er konkrete Vorschläge zu allen möglichen Problemen aus den Bereichen Gesellschaft, Politik, Wirtschaft, Religion, Wissenschaft, Kultur oder Sport, das war ihm problemlos möglich. Eines Tages beispielsweise erläuterte mir Herr Schwerdtträger seine Vorschläge zur Lösung der Trinkwasserknappheit auf der Erde. So schlug er vor, das (imaginäre) Wasserreservoir des Mondes anzuzapfen und über eine Pipeline direkt zur Erde zu leiten. Die Pipeline würde sich durch die geringe Schwerkraft im Weltraum selbst tragen. Schon damals war das Ansteigen des

Meeresspiegels ein wichtiges Thema und Herr Schwerdtträger präsentierte mir auch hierfür seine Lösung: Man könne eine weitere Pipeline direkt vom Meer in die Sahara legen und auf diese Weise gleichzeitig fruchtbares Land gewinnen. Der Sand nämlich würde sich mit dem abgepumpten Wasser zu brauchbarem Boden verbinden. Darauf könne man dann auch Bananen anbauen und die Ernährung der Menschheit wäre gesichert, Bananen seien ja sehr nahrhaft und gesund. Sein Nachbar würde auch immer Bananen essen und seitdem hätte er einen ausgeglichenen Kaliumspiegel in seinem Blut.

Generell betrachtet schien Herr Schwerdtträger ausgesprochen stark an naturwissenschaftlichen Fragestellungen interessiert zu sein. So machte er sich etwa erstaunliche Gedanken zum menschlichen Körper. Einmal erklärte er mir, wir Menschen könnten nichts richtig und seien allen Tieren in allen Belangen körperlich unterlegen. Wir könnten nicht fliegen, nicht gut tauchen oder schwimmen, nicht unter Wasser leben, nur langsam laufen und seien obendrein körperlich recht schwach. Als Beispiel dafür, was Tiere alles könnten, nannte er die Hündin Laika, „das erste Tier auf dem Mond". Sie sei mit einer sowjetischen Rakete dorthin geflogen, weil sie es auf der Erde nicht mehr ausgehalten habe (diese Annahme könnte eventuell nicht ganz falsch gewesen sein). Nur unser Gehirn sei gut entwickelt, und auch das war in seinen Augen ein Nachteil, denn damit stellten Menschen nur böse Sachen an. Es gäbe überall Krieg und die Landschaft würde durch „Industrie, Müll und Industriemüll" überall verschandelt. Eigentlich sei der Körper nur so eine Art laufender Untersatz für das fehlgesteuerte Gehirn, man bräuchte beides in besseren Varianten. So gesehen hatte er vollkommen recht.

In einem anderen Gespräch erwähnte Herr Schwerdtträger, er wolle demnächst nach Italien reisen. Der Italiener um die Ecke sei zwar ganz vernünftig, aber voll zufrieden mit dem kulinarischen Angebot sei er trotzdem nicht. Er wolle deshalb alle italienischen Restaurants in Rom besuchen, wo er einmal als junger Mann gewesen sei und sich eingehend mit den Rezepten auseinandersetzen. Anschließend werde er sein eigenes italienisches Restaurant eröffnen, um dort selber essen gehen zu können. Die Logik hatte etwas für sich. Tatsächlich stand bereits ein großer brauner Koffer im Flur seiner Wohnung. Was aus seinen Plänen geworden ist, blieb unklar. Bei einem der weiteren Einsätze entdeckte ich dann einmal eine Kladde mit sämtlichen verfügbaren Feinkostsalaten des nahen Supermarktes. Dies hatte mit Sicherheit ebenfalls einen sehr speziellen Hintergrund. Auf dem Zettel waren der Reihe nach ordentlich aufgelistet:

Hohmann Matjessalat, Matjessalat light, Matjessalat mit Ei, Matjessalat light mit Ei. Nordsee Krabbensalat, Krabbensalat mit Dill, Krabbensalat in Knoblauchsoße, Krabbensalat in Kräutersoße, Krabbensalat ohne Soße, Fischsalat, Fischsalat light, Fischsalat Korsischer Art, Fischsalat Friesischer Art, Schwedenhappen, Schwedenhappen in Cognacsause, Schwedenhappen nach Øresundart. Voss Eiersalat, Eiersalat light, Eiersalat Provençale, Eiersalat Provençale bio, Fleischsalat, Fleischlasat, Ungarischer Salat, Krautsalat, Krautsalat ohne Kümmel, Krautsalat mit Kümmel, Salat nach Zigeunerart, Salat nach ungarischer Zigeunerart. Frosta Farmersalat, Salat nach Farmerart, Salat nach armer Art, Salat nach armenischer Art, Salat nach alter Art, Salat nach Art des Alten Landes, Alter Salat, Kabelsalat, Quatsch mit Soße. Bofrost Frostsalat, Fischsalat frisch, Fischers Fritze fischt frische Fische. Deutsche See Seelachssalat, Seelachssalat not light, Seelachssalat mit Matjes, Matjessalat mit Hering, Bismarck-Hering in Aspik, Bismarck-Hering mit Pik, Bismarck-Hering mit Pik-Ass. Herz ist Trumpf.

Alles lieferbar in der 50-Gramm-, 75-Gramm-, 100-Gramm-, 125-Gramm-, 150-Gramm-, 175-Gramm-, 200-Gramm- oder Vorrats- oder Familienpackung, mit oder ohne wiederverschließbarer Frischhaltefolie.

Ein anderes Mal verwickelte mich Herr Schwerdtträger in eine Diskussion zum Thema Kunst (frei nach dem Motto *Ist das Kunst oder kann das weg?*). Er legte mir eine Hochglanzbroschüre der Kaufhaukette „Karstadt" vor. Irgendein französischer Künstler hatte dort für die aktuelle Modekampagne des Hauses „Farben eingefangen" und diese „visuell realisiert", was immer das auch heißen sollte. Die Formulierungen klangen auf jeden Fall herrlich bescheuert. Außer ein paar Farbklecksen auf den Abbildungen für Hosen und Mänteln konnte ich absolut nichts Bemerkenswertes erkennen. Herr Schwerdtträger aber war vollkommen begeistert. Die exakt gleiche Farbkomposition habe er schon vor vielen Jahren auf einer Werbung für Geschirrspülmittel gesehen. Es konnte sich wohl nur niemand mehr daran erinnern. Sieh an, da hatte der gute Illuminateur offensichtlich schlichtweg Kunstklau betrieben. Ich beneidete Herrn Schwerdtträger sehr um sein exzellentes Gedächtnis.

Nur auf eine einzige spezielle Frage konnte Herr Schwerdtträger trotz seines Intellekts keine plausible Antwort finden, nämlich diese: „Was soll das heißen?" Er zeigte mir eine Rezension über irgendeinen jetzt angesagten Künstler, seine Werke sollten in einer bedeutenden Berliner Galerie ausgestellt werden (schon lustig, dass er dieses

Kunstmagazin hatte). Er zog sie aus einem Stapel von Zeitschriften und Papieren heraus und legte mir den Text mit der Bitte vor, ihn vorzulesen, was ich auch bereitwillig tat.

Herr Schwerdtträger fing zwischendurch lauthals an zu lachen und hielt sich den Bauch, zeigte mir dabei einen Vogel und sein beeindruckendes Gebiss (was gleichzeitig auch meine naturwissenschaftlichen Betrachtungsgewohnheiten ernsthaft hinterfragte). Offensichtlich hielt er nicht viel von dem Gehörten. Das war durchaus verständlich. Im Verlauf des Artikels ging es nämlich um die von Lindemann – so hieß der aus dem Ruhrgebiet stammende rezensierte Künstler - vollzogene „Reduktion auf immanente Grundmerkmale jeglichen progressiven Schaffens wie Farbe, Fiktion, Form und Funktion", die Faszination seiner Werke durch „ihren permanenten Kommunikationsstrom, der sich in der individuellen visuellen Konfrontation entfaltet", irgendwelche „nur zaghaft, gar sporadisch dahingehauchten Pastellfarbschichten, die gleichsam situativ unsere Betrachtungsweisen befragen", Parallelen zur Unendlichkeit „als intergalaktisches Momentum, das sich sowohl dem Physikalischen als auch dem Metaphysikalischen entzieht", generell Kosmischem, der großen Kunst überhaupt, aber auch dem großen Ganzen im Hier und Jetzt und noch einiges mehr. Schließlich war noch die Sprache von der „in den Werken angelegten paradoxen Wechselwirkung, aus der die einzigartige Anziehungskraft des Œvres Heinz Armin Lindemanns erwächst". Nach dem Vorlesen war ich wie benommen und zuckte vollkommen hilflos mit den Schultern. Hier schien tatsächlich jemand wirklich Verrücktes am Werk gewesen zu sein.

Ko(s)mische menschliche Errungenschaften (Fotografie)

20. Doch keine Tote auf der Couch

Herr Prünf lebte in einer Kleingartensiedlung in Groß Borstel, dicht am Klotzenmoor. Ihm gehörte ein windschiefes, dunkles Holzhaus am Ende eines Laubenkolonieganges, dahinter begann ein kleiner Waldabschnitt. Der Garten war komplett zugewuchert, überall lagen Dinge herum, die woanders auf den Müll gewandert wären. Auf dem Grundstück fanden sich alte Autoreifen, Plastiksäcke mit irgendwelchem Abfall, kaputtes Elektrozeug aller Art. Das Häuschen bestand aus einem vorderen, halbwegs gut beleuchteten Raum sowie zwei weiteren, im ständigen Halbdunkel liegenden hinteren Zimmern. Irgendwo war noch so etwas wie ein Badezimmer versteckt. Herr Prünf hielt sich meist im vorderen Raum auf. War er nicht dort anzutreffen, schlürfte er jedoch bald nach dem Eintreten nach vorne. Ein einfaches Klopfen reichte als Ankündigung aus, die Haustür war niemals verschlossen. Herr Prünf war ein durchweg freundlicher Mann mit langem weißen Bart, der einen stets nett durch breite Zahnlücken anlächelte. Sein Gesicht war leicht rötlich und so erinnerte er ein wenig an den Nikolaus.

Einsätze bei Herrn Prünf waren für jeden Mitarbeiter der Sozialstation trotzdem eine echte

Herausforderung mit großem psychologischen Tiefgang. Das Durchlaufen einer Gehgeisterbahn auf dem Hamburger Dom glich dagegen einem Besuch einer italienischen Eisdiele mit Gratistiramisu. Wochenlang hielt sich das Gerücht, in einem der hinteren Zimmer läge eine Tote auf der Couch. Genau wusste man es nicht. Der Station war nur ein täglicher Abendeinsatz zur Medikamentengabe zugebilligt worden, und niemand hatte den Mut gehabt oder sich die Zeit genommen, die Frau anzusprechen. Sie schien sich jedenfalls nie zu bewegen und immer in exakt gleicher Position zu liegen. Sämtliche Tätigkeiten konnten im vorderen Raum erledigt werden, und so war bisher noch niemand freiwillig die paar Meter weitergegangen. Ein Telefonat mit dem Hausarzt, der die Medikamente verschrieben hatte, brachte auch keine Aufklärung. Er hatte bei seinem ersten Besuch niemanden bemerkt oder gerochen, nicht ganz unwichtig bei der Frage, ob tot oder nicht. Vielleicht war der Doktor auch nur kurzsichtig oder kurzriechig.

Irgendwann sollte dann doch endgültig geklärt werden, wer für den Horroreffekt verantwortlich war. Mein Pflegeteamleiter Kai Taube wollte nach seinem letzten Einsatz Herrn Prünf deshalb einen aufhellenden Besuch abstatten. Wir verabredeten uns abends vor seiner Parzelle, gingen durch den

Garten und betraten das Häuschen gemeinsam. Von Herrn Prünf allerdings keine Spur, das machte den Einsatz nicht unbedingt leichter. Kai versuchte, in dem hinteren Zimmer das Licht einzuschalten, doch das Klicken des Schalters blieb ergebnislos. Keine Funzel fing an zu glimmen. Er nahm eine kleine Taschenlampe aus seinem Rucksack und klickte sie an, ein immerhin schwacher Lichtstrahl schien auf. Kai ging auf die Couch zu und sprach die Frau an, berührte ihre Schultern, ruckelte sie sanft – keine Reaktion. Dann leuchtete er ihr mit der Taschenlampe ins Gesicht – auch keine Reaktion. Nun galt es, irgendwie den Puls zu fühlen. Kai nahm das obere Ende der Decke und zog sie leicht zurück.

Die Frau schlug ihre Augen auf und schnellte hoch. Dann stützte sie sich auf ihr Kopfkissen. Haare und Gesicht waren im gleichen Grauton gehalten. „Haut ab, ich will schlafen!", schrie sie und zog sich die Decke mit beiden Händen bis über die Ohren. Sie sah danach aus wie zuvor, ich eher nicht. Der Schreck musste mein Gesicht genauso weiß wie das der Schockdame gefärbt haben. Alles Blut war verschwunden, ich fühlte mich blass wie ein Vampir. Ich musste raus. Vor der Eingangstür versuchte ich durchzuatmen. Kai bot mir spontan eine Zigarette an und telefonierte mit der Sozialstation. Ich war zwar eigentlich Nichtraucher, nahm den Sargnagel ausnahmsweise aber dankend an. Am Abendhimmel wurden die Wolken langsam von der Dämmerung verschluckt, ein paar Vögel drehten ihre Runden und alles schien friedlich. Als eine Fledermaus durch die Gärten flatterte, kam mir für einen Sekundenbruchteil noch Graf Dracula in den Sinn. Doch der galt zum Glück auch nur als reine Einbildung. Gute Nacht.

Kleingartensiedlung in Groß Borstel (Fotografie)

21. Immer kalter Tee

Frau Willmann lebte gegenüber der Jahnkampfbahn am Stadtpark, in einem Rotklinkerbau inmitten von altem Baumbestand. An Sommerwochenenden war dort oft der Teufel los, Kinder und Erwachsene kämpften um Urkunden und Medaillen. Schon von Weitem konnte man lautes Geschrei vernehmen, immer dann, wenn ein Wettkämpfer eine Latte gerissen hatte oder Anfeuerung brauchte. Es ging ums Siegen und Verlieren, ein immergleicher Kreislauf wie überall im Leben. Die Jahnkampfbahn war als reines Leichtathletikstadion konzipiert worden, ein Ort geschaffen zur Ertüchtigung des Körpers. Natürlich brauchen Athleten auch einen starken Geist beziehungsweise gute Nerven - Eigenschaften, die für jeden Pfleger für Einsätze bei Frau Willmann ebenfalls absolut essentiell waren.

Sie bekam wie in vielen Fällen ihr Essen, die Tabletten, Hilfe bei der Grundpflege (falls notwendig oder gewünscht, sie wünschte nicht), ein Gespräch, das war es dann. Eigentlich ein gewöhnlicher Routineeinsatz, doch da war noch die Sache mit dem Tee… Frau Willmann bestand bei der Zubereitung ihres Tees auf eine exakt festgelegte Abfolge an Arbeitsschritten. Diese durfte auf keinen Fall, unter keinen Umständen und wirklich nie, niemals abgewandelt werden. Machte man aus Versehen doch etwas falsch, setzte es einen schulmeisterlichen Tadel in einer Stimmlage, die an überfliegende Düsenjäger erinnerte (hatte sie sich gut abgehört, die Wohnung lag in der Einflugschneise zum Flughafen Fuhlsbüttel). Dabei wechselte ihre Gesichtsfarbe von blass über rosarot zu lila. Kurz vorm Implodieren standen ihr zudem die Haare in alle Richtungen ab, in etwa so, als sei ihr Fön in die Luft geflogen. Innerlich kochend beschlugen deshalb auch die Brillengläser ihrer Brille der Marke „Streng".

Warum? Bei Frau Willmann war eine besondere Form von Angststörung diagnostiziert worden, jegliche Abweichung von ihr vertrauten Abläufen war unbedingt zu vermeiden. So stand es in der Patientenakte, so hatte es mir auch ihr Stammpfleger Ole erklärt. Ole war knapp zwei Meter groß und etwa einen Meter breit, hatte eine Glatze und den Brustkorb mit den Ausmaßen eines Fasses. Ich war mir nicht ganz sicher, ob Frau Willmanns Psychose nicht eventuell von der täglichen Begegnung mit seinem Äußeren herrühren könnte. Jedenfalls durfte der Tee weder zu heiß noch zu kalt noch zu lauwarm oder zu stark, schwach, bitter, süß, dünn oder in der Schnittmenge aller Faktoren gar neutral sein. Bei der Dosierung war peinlich genau auf ein präzise halb gefülltes Tee-Ei zu achten. Die stinkende Kräuter-

Mischung hierzu kam aus einer nahen Apotheke um die Ecke („Eckapotheke", wie passend) und verursachte jedem Unvorbereiteten schon in trockenem Zustand ernsthaften Brechreiz. Aufgekocht entwichen Dämpfe, die Tapeten von den Wänden hätten losen können. Bestimmt kam es auch massenweise zum Verlust von Riechnerven. Normalerweise haben Medikamente einen Beipackzettel, der über Risiken und Nebenwirkungen aufklärt. Hier hätte man von riesigen Nebenwirkungen sprechen müssen. Wie man ein solches Gebräu herstellen, verkaufen, geschweige denn freiwillig trinken konnte, war mir vollkommen schleierhaft. Lebertran duftete im Vergleich hierzu wie eine blumige Sommerwiese, umflattert von bunten Schmetterlingen.

An irgendeinem Samstagabend war ich erneut für einen Einsatz bei Frau Willmann eingeteilt, den letzten für diesen Tag. Meine Nerven lagen durch die Anstrengungen der letzten Stunden ein wenig blank, doch ich riss mich zusammen, wir plauderten recht nett. Das Zubereiten des Abendessens sowie das Teekochritual liefen exakt ab wie immer, ich war sehr stolz auf mich. Nichts falsch gemacht, das gab *douze points*. Dann nahm Frau Willmann den ersten Schluck, das heißt sie nahm ihn eigentlich nicht. Ihr Blick wurde mehr als säuerlich. Schwer erbost über den nicht gut geratenen Tee fauchte sie mich an. Der Düsenjäger krachte los, sie wurde bunt, ein Haargebirge entstand und ihre Brille beschlug. Frau Willmann war jetzt eine wahre Sensation, doch ich war zu keiner Emotion mehr fähig. Ich spürte keinen Ärger oder Verbitterung, konnte dem ganzen Theater aber auch nichts Witziges mehr abgewinnen. Mit verschränkten Armen dasitzend wartete ich müde das Ende des Spektakels ab.

Irgendwann wurde Frau Willmann tatsächlich normal. Sie verwandelte sich langsam zurück von einem Kobold in eine an sich unauffällige Omi mit einer netten Wohnung im Grünen. Ein Wunder war geschehen. Sie trank ihr Gebräu sogar aus und schlürfte ein wenig dabei. Es klang fast herzerwärmend. Als sie fertig war, spülte ich die Tasse ab und stellte sie zum Trocknen auf. Dann verabschiedete ich mich und ging hinaus. Frau Willmann sagte nichts. Irgendein Schrei gellte von der Jahnkampfbahn durch die Baumkronen, vielleicht hob ein Diskus ab in Richtung Abendhimmel. Vor der Haustür lag ein aufgerissener und umgekippter Müllbeutel, den gesamten Inhalt hatte der Abendwind über den Gehweg verteilt. Im Grünstreifen entdeckte ich eine Verpackung für Instant-Tee, irgendwas mit Teekanne oder Teefix oder Fixminze. Das Ganze wirkte wie ein Wink mit dem Zaunpfahl, offenbar waren hier noch andere, verborgene Kräfte am Wirken. Ich beschloss, es beim nächsten Mal gleich mit einem vorgefertigten Produkt zu versuchen (zweifellos ein wenig fies). Mal sehen, ob sie es merken und falls ja, wie der Kampf dann ausgehen würde. Die passende Kulisse dafür war jedenfalls gegeben.

Die Jahnkampfbahn am Stadtpark (Fotografie)

22. Kling, kling, kloing

Frau Brechtel lebte im Erdgeschoss einer äußerlich wunderbar gepflegten alten Villa in Groß Borstel. Hier befand sie sich in illustrer Nachbarschaft. Eine Nichte des norddeutschen Schriftstellers John Knülz wohnte nebenan, auch sie gehörte zu unseren Patienten. Im Inneren sah das Haus genauso wunderbar aus wie von außen. Edle Möbel standen auf schönem Parkett, große Vasen mit dezent arrangierten Blumengebinden standen darauf. Echte Malerei hing an den Wänden. Echte Malerei hieß hier nicht „Barkassen im Hamburger Hafen, 1962" von Hein Petersen, sondern „Le château de Fontainebleau, 1762" von Jean-Jacques de Couleur oder zumindest irgendetwas aus dessen Werkstatt. Hier lebte jemand mit Geschmack (und dem nötigen Geld, sich den Geschmack leisten zu können). Interessanterweise hingen zwischen den alten Schinken auch einige zeitlos moderne Fotografien, natürlich in schwarzweiß. „Brooklyn, waterfront" by Anselm Adams strahlte neben „Explosion" by Herb Ritts baumelte neben „Verygeil" by Helmut Newton (zumindest gefühlt taten sie das, eventuell hießen die Fotos auch anders).

In der Küche stand eine chromblitzende Kaffeemaschine mit integrierten Armaturen, unglaublich chic und nagelneu. Daneben hing aus irgendeinem Grund ein Kalender von 1954. Der war zwar auch sehr chic, aber dreiundvierzig Jahre zu spät dran. Vielleicht war ihr Mann Fußballfan gewesen und der Kalender hatte deshalb noch immer eine besondere Daseinsberechtigung. Frau Brechtel jedenfalls wirkte irgendwie wie aus der Zeit gefallen und schon wieder in ihr angekommen. Sie benötigte Hilfe bei der Zubereitung des Abendessens sowie bei der Medikamentengabe, so wie in den leichtesten Fällen üblich. „Essen auf Rädern" hatte meistens bereits geliefert, man brauchte es nur in der Küche anzurichten und um die Medikamente zu ergänzen. Die Einsätze gingen schnell vorbei, häufig blieb noch ein wenig Zeit zum Plaudern übrig. Gelegentlich bat Frau Brechtel noch in das elegant eingerichtete Wohnzimmer.

Hier stand in einer Ecke ein schwarzes Klavier. Der ehemals spiegelblanke Klarlack war inzwischen ein wenig ermattet, ganz im Gegensatz zu Frau Brechtel. Sie wirkte geistig noch immer taufrisch und gab munter Anekdoten aus der „guten alten Zeit" von sich. Für sie hörte diese Zeit ungefähr bei der Erfindung des Automobils auf, eigentlich eine komplett schlüssige Zeitrechnung. Über dem Klavier hingen an der Wand zwei Portraits, ein Gemälde in dunklem Braun sowie eine alte Fotografie in verblichen-angegilbt. Mit dem Mann auf dem Foto konnte ich nichts anfangen, das Gesicht mit auf dem Gemälde kam mir vage bekannt vor. Der Mann hatte lange graue Haare und einige kleine Beulen im Gesicht. „Ich habe das Klavierspielen noch bei einem Schüler von Franz Liszt gelernt", sagte Frau Brechtel irgendwann unvermittelt. Respekt, dann war sie jetzt mindestens zweihundert Jahre alt (es handelte sich dabei um meine erste Überschlagsrechnung). Komischerweise waren die Gespräche bisher noch nie auf das Thema Klavierspielen gekommen. Das Gemäldegesicht war also Franz Liszt, der Fotomann entpuppte sich als sein Schüler.

„Soll ich Ihnen mal etwas vorspielen?" Ich nickte begeistert. Sie spielte einige Takte, Sonaten oder Kantaten, eventuell in Dur und Moll gleichzeitig, ich war ja kein Experte, nur Banause. Es klang jedenfalls wunderbar. Frau Brechtel griff munter in die Tasten und veränderte langsam ihr Repertoire. Schließlich spielte sie etwas, das sich zwar sehr wohltönend nach „Kling, kling, kloing, kling, kling, kloing" anhörte, aber dennoch so gar nicht zum Rest passen wollte. Irgendwie fiel das Stück aus dem Rahmen, es klang fast zu simpel für den Rest. „Das waren alles Kompositionen von Franz Liszt", sagte sie. „Die letzte Melodie habe ich im Radio gehört". Ich rätselte und tippte vage auf Geklimper von Richard Claydermann, dem blondgeföhnten

Pianistendarsteller aus Frankreich. Klavier Naidoo konnte es auch nicht sein, der hatte ja außerdem irgendeinen anderen Vornamen (der mir aber partout nicht einfallen wollte). Irgendwann war Schluss mit dem Konzert und wir verabschiedeten uns formvollendet mit einem festen Händedruck. Ein Hauch von Wahnsinn umwehte mich kurzfristig (da sie ihrem Lehrer bestimmt einmal die Hand gereicht hatte, dieser wiederum irgendwann Franz List höchstselbst, gab ich dem Meister ganz unprätentiös auf diese Weise doch ebenfalls die Hand, gefühlt irgendwie). Ich machte mich wieder auf den Weg in die Station.

Auf dem Fahrrad sitzend fiel mir dann doch exakt der einzige Ohrwurm ein, der *echt super, ne* (in näselndem Tonfall) zum Gehörten passte. Irgendein Clown in einem pastellfarbenen kleineren Opel nämlich düste vor mir um die Ecke, das Radio kling, pardon, klang deutlich vernehmbar durch die geschlossenen Scheiben. „Kling, kling, kloing, kling, kling, kloing" klingelte es in meinem Ohr und war jetzt „You're my hart, you're my soul" vom legendären Pop-Duo Modern Talking. Frau Brechtel hatte das Stück für gut befunden und einfach nachgespielt. Niemand weiß, was Franz Liszt von dieser Art Musik gehalten hätte, Frau Brechtel jedoch schien sie *echt super* zu gefallen. Rückwirkend betrachtet hatte sie nebenbei den

Centurycrossover erfunden, den ersten mindestens einhundert Jahre umspannenden Musikmix der Welt. Man könnte das auch als *modern taking* bezeichnen. So fügten sich alt und neu wieder einmal zusammen und Frau Brechtel war ihrer Zeit jetzt sogar voraus. *Echt super, ne?*

Franz Liszt (modern Abbilding)

23. Kriminaltango in der Mittagspause

Die Wohnung des Herrn Heym lag im Erdgeschoss einer hellgrün gestrichenen Altbauvilla im netten Hainbuchenweg. Diese kurze Straße musste vor zig Jahren tatsächlich einmal mit zahlreichen Jungbuchen bepflanzt worden sein, denn jetzt säumten wirkliche Baumriesen beide Straßenseiten. Erstaunlich, dass manche Straßennamen wirklich anzeigten, was es hier dem Wortlaut nach wohl zu sehen gäbe. Im benachbarten Vogelbeerenweg direkt um die Ecke hatte ich hingegen jemals weder einen Vogel noch irgendwelche Beeren gesehen. Die nahe gelegene Himmelstraße führte allerdings wirklich in den Himmel, sogar steil, jedoch über den Umweg eines sich dort befindlichen Massagesalons - einige Herren vom Katasteramt überprüften diesen Umstand regelmäßig, kamen also häufiger, *you touch my tralala*. Das weite Geäst der Bäume behinderte den Lichteinfall in Herrn Heyms Wohnung besonders im Sommer, die Zimmer lagen dann in einem diffusen Halbschatten. Um die Dunkelheit ein wenig zu mildern, war die gesamte Wohnungseinrichtung in aufhellenden Weißtönen gehalten. Das Farbensemble mutete leider ein wenig klinikartig an. Herr Heym selbst war dagegen regelrecht farbenfroh gekleidet. Meist trug er ein altmodisches Hemd im Stile vergangener schriller Jahrzehnte und eine halbwegs passende, locker sitzende Stoffhose. Blaue Pantoletten rundeten sein sympathisches Erscheinungsbild optisch ab. Herr Heym litt an einer unaufhaltsam fortschreitenden Verkrümmung des Rückgrades. So war er nun nicht mehr in der Lage, seinen Kopf aufrecht zu halten, die Form seines Rückens glich einem rechten Winkel. Blicke geradeaus waren Herrn Heym somit verwehrt, beschwerdefrei konnte er eigentlich nur den Boden sehen. Zum Sprechen hob er seinen Kopf meist nach links oder rechts leicht in die Höhe und sah einen dann fast von unten an. Er selbst war äußerst höflich und zuvorkommend, sein Gemüt besaß trotz des ständig zu ertragenden Leids eine unglaubliche Sanftheit.

Seine Wohnung hielt er in einem penibel sauberen und unglaublich ordentlichen Zustand. Dazu passte auch das von ihm vorgelebte Prinzip der strikten Mülltrennung, wobei er zwischen „gutem Müll" und „schlechtem Müll" unterschied. „Guter Müll" enthielt recyclebare Materialien wie Plastik oder Alufolie, „schlechter Müll" galt als alles andere. Natürlich wurde zusätzlich auch Papier und Glas sorgfältig von ihm getrennt, im Flur standen gleich drei Körbe für Weiß-, Grün- und Braunglas. Vor fünfundzwanzig Jahren galt diese inzwischen vielleicht gängig gewordene ökologische Einstellung mit Sicherheit noch als avantgardistisch. Zur Farbe des Hauses passte also auch die im Inneren dieser Wohnung gelebte Einstellung. Doch nicht nur rohstoffmäßig war Herr Heym der Zeit voraus, auch Feinstoffliches erhielt große Beachtung. Um noch mehr Klarheit in seine ohnehin schon sehr wohlgeordneten und vorbildlich aufbereiteten Finanzen zu bringen (er war früher Buchhalter gewesen), hatte Herr Heym in mühevoller Kleinarbeit irgendwann einmal Pfennigstücke in passende Papiereinwickelstreifen der Hamburger Sparkasse gewickelt. Eine ganze Batterie an bunten Rollen lag auf dem Küchentisch, insgesamt kamen mindestens drei Kilo Geld zusammen. Er bat mich, die Geldrollen in der Filiale desselben Geldinstituts am Winterhuder Markt in Scheine umzutauschen, er wolle „noch 'n bisschen was aufräumen", außerdem käme er nicht mehr so gut dorthin. Als Tragetasche sollte ein wiederverwendbarer Stoffbeutel mit dem Aufdruck „Jute statt Plastik" dienen, damals sehr modern. Selbstverständlich - ich hob den Geldberg an und verabschiedete mich vom letzten Vormittagseinsatz über den Umweg eines also noch zu besuchenden Finanzsalons in Richtung erhoffter himmlischer Mittagspause.

Etwas verträumt sah ich kurz vor zwölf durch die Milchglasscheiben der Filiale hinaus in den Tag. Drinnen war es unglaublich warm, die

Sonnenstrahlen brachen sich in der Scheibe und sorgten für buntes Geflimmer vor meinen Augen. Ich fing an zu blinzeln. Um dem Stechen zu entgehen, kniff ich die Lider unwillkürlich etwas zusammen. Dann guckte ich beiläufig zur Tür. Was ich nun sah, war weder bunt noch hell, sondern ein unförmiger dunkelgrüner Parka mit Stumpfmaske davor, dazu eine braune Hose untenrum. Häh, was sollte die Verkleidung? Fasching war doch noch gar nicht. Der Förster rannte vor die Kasse und nahm eine junge Kundin als Geisel, hielt ihr eine Pistole gegen die Schläfe. Erst jetzt kapierte ich, was los war. Dann schob der Bankräuber eine Plastiktüte des Discounters AIDL durch den Schlitz in den Kassenraum und schrie „Nur große Scheine!" Die Kassiererin stopfte hinein, was an großen Scheinen greifbar war. Ein Kunde mit den Oberarmen und insgesamt auch der sonstigen Figur eines Gerüstbauers sprang den Typen plötzlich hart an. Dessen Pistolenarm flog zur Seite und gehörte nicht mehr zum übrigen Körper. Er schlackerte jetzt irgendwo, genauso wie der ganze Körperrest. Nach einigen harten Schlägen und noch härteren Griffen des Helden ging das Zweipersonenknäuel zu Boden. Die Waffe fand sich plötzlich in der Hand des Handwerkers beziehungsweise Faustkämpfers wieder. Wie er das geschafft hatte, war mir unerklärlich, der schnellen Abfolge an Bewegungen hatte ich nicht folgen können. Bruce Lee und Jet Li klatschten Beifall (himmlisch gesehen). Dann wurde die Pistole vom Judo-Ass gekonnt durchgeladen und dem Bankrüber an die Schläfe gehalten. Das war's, *you know my dingeling*, der Kampf war aus. Funkstille.

Ein paar Sekunden später fing der Gangster zu zetern an, auf Türkisch. Ich verstand zwar kein einziges Wort, vermutlich aber hagelte es übelste Beschimpfungen oder Gnadengesuche, merkwürdig klingende Wortfetzen mit vielen „Schs" und „Üs" schallten durch die gesamte Filiale. Der Umhauer antwortete interessanterweise ebenfalls auf Türkisch und entpuppte sich lustigerweise als Landsmann. Seine Worte allerdings klangen sehr viel bedächtiger und irgendwie auch deutlich abgeklärter. Was beide genau beredet hatten, blieb vollkommen vage. Total irre war die Situation in jedem Falle. Dann ging alles ganz schnell. Ein schlaksiger Bankangestellter stürmte hinzu, sein Kopf feuerrot und der Rest zitternd. Mehr zaghaft als beherzt hielt er den Oberkörper des Räubers zusätzlich fest. Die Polizei stürmte die Filiale wenige Momente später mit einem mittleren Großaufgebot, schon wieder war alles in Grün getaucht. Auch ich hätte als Baum durchgehen können, stand noch immer angewurzelt in Nichts. Allmählich kamen alle zur Ruhe. Der Tölpel allerdings fluchte vor sich hin und moserte und hantierte, was die Handschellen zuließen. Der Filialleiter dagegen war ein Gentleman der alten Schule in einem alten Anzug und zauberte aus seinem Chefzimmer mehrere Gläschen und ein Fläschen leider nicht ganz so alten Cognacs hervor. Ein Tresen diente als Bar, schon wurde eingeschenkt. Ich vermutete, das Gesöff war dereinst im günstigen AIDL-Supermarkt an der Alsterdorfer Straße gekauft worden, das passte in diesem Falle ganz ausgezeichnet. Wir stießen an und ruckzuck waren die Gläser leer. Er schenkte nach, warum auch nicht. Die Schlucke ließen mich noch ruhiger und wärmer werden (Puls und Körpertemperatur lagen bei etwa 60°). Die als Geisel genommene junge Frau saß in einer Ecke der Filiale und wurde von einer Polizistin betreut, beiden liefen die Tränen über die Wangen.

Noch immer hielt ich den Stoffbeutel mit Herrn Heyms Ersparnissen in der Hand. Insgeheim hätte ich zwar gerne mit der Plastiktüte des Bankräubers getauscht, doch die war leider nicht mehr in greifbarer Nähe. Den Kalauer „Nur große Scheine!" brachte ich nicht über die Lippen, doch auf die Frage, was noch für mich getan werden könne, gab ich an, wohl doch gerne Papiergeld für die Pfennige haben zu wollen. Ein dürrer Kassierer tauschte pflichtbewusst Münzrollen gegen mehrere Scheine. Auch er musste einige Cognac intus gehabt haben, denn er zählte schielend mehrfach nach. Draußen tauchte die Sonne den Winterhuder Markt noch immer in gleißendes Licht, doch den Durchblick hatte ich komplett verloren. Bis zum ersten Abendeinsatz verbrachte ich den Nachmittag sitzend am Alsterlauf und versuchte zu verarbeiten, was eigentlich passiert war. Weitere Tage später trudelte ein Schreiben der HASPA bei mir ein, ich wurde sehr höflich zu einem Gespräch eingeladen. Zum Dank für die behaltenen Nerven (!) erhielt ich vom Filialleiter ein edles Füller- und Kugelschreiberset in Holzoptik, jedoch mit vergoldeten Federn.

In Anlehnung an die originale Artikelüberschrift einer überregionalen Tageszeitung

24. Der Umzug der Sindy Graufort

Der Tag war bisher grandios schlecht gelaufen. Der Schlüssel für die Wohnung von Frau Walther hing morgens nicht im Schlüsselkasten, irgendein Schlunzi hatte ihn behalten, das würde später ordentlich Haue geben. Das Dienstfahrrad hatte einen Platten, das Ersatzdienstrad auch. Das Ersatzersatzdienstrad war viel zu klein und außerdem ein pinkes Damenrad mit flott montiertem Körbchen vor dem Lenker. Der Einsatzplan war zu voll, das Wetter zu schlecht, die Einsätze allesamt ein Horror (*ich hätte, ich bräuchte, Sie müssten, es wäre gut, können Sie nicht, wieso ist denn nicht, wer hat denn nicht, wer hat denn schon wieder, warum, wieso, weshalb, also wirklich*). Es war schon weit nach 22 Uhr im klasse farblosen Alsterdorf und ich nach zehn Stunden Schicht schlichtweg platt. Ich schloss meine Sozialstationsgurke nach dem letzten Einsatz auf und hätte ich mir gerne noch eine aufmunternde Feierabendsinalco organisiert. Doch selbst das klappte nicht. Alle Läden waren schon zu, auch der Hähnchengrill dicht am einzigen Kino hatte geschlossen. Ab und zu trank ich dort noch etwas, der Besitzer war ein lustiger Pole. Aus welcher Stadt er ursprünglich kam, hatte ich nie wirklich herausfinden können. Er hatte es mir zwar mehrfach gesagt, doch ich verstand jedes Mal nur so etwas wie Cztwyzskcz. Er erzählte gerne Anekdoten aus seiner Heimat, meistens ging es darin um leckeres Essen und Getränke aller Art. Das Thema war mir nicht ganz unbekannt. Doch nun: „Urłaub bis 15. Szeptember". Super. Viel weiter bergab ging es gefühlsmäßig nicht mehr. Ich eierte los. Nach vier gefahrenen Metern ging die Nachbarhaustür auf und zwei Mannequins von Welt traten hinaus. Ich kannte sie aus den großen internationalen Magazinen, Vogue oder so. Dass heute ein Shooting am plötzlich durchaus passabel wirkenden Baumkamp stattfand, hatte ich irgendwie gar nicht mitbekommen.

Sindy Graufort jedenfalls fuhr sich mit ihrer zarten Hand elegant durch die bernsteingoldene Haarpracht und sah zu mir hinüber. Sie hauchte: „Hi". Oh Mann, wie irre, nur wir jetzt hier unter dem Laternenschein, ein lauer Nachtwind, warm, Großstadtgetriebe (äh, Triebe?). Ihre Freundin hieß Klaudia Schifffahrt. Ich sagte: „Hi". Sie flötete noch einmal „Hi" und guckte very easy auf das Werbebanner auf dem Schrottrad: *Sozialstation. Von Menschen für Menschen. Wir helfen immer.* Sie schickte noch einen Blick aus dem Hellblau ihrer Gebirgsseeaugen zu mir herüber, ich guckte leicht dümmlich zurück. Klaudia Schifffahrt hauchte ihrer schönen Freundin irgendetwas ins goldbesteckte Öhrchen.

Sindy sagte: „Helft ihr wirklich immer?" „Äh, what?" (bisschen blöde Antwort meinerseits). „Na, ich meine, ob du uns helfen kannst?" (noch ein Seeaugenblick und dazu in akzentfreiem Deutsch). „Äh, ja …" (bisschen blödes Grinsen zurück). „Duuu … (wow, okay, ich sollte bestimmt mal eben schnell mitmodeln, vielleicht in der Rolle des Piloten, beide waren die Stewardessen, oder kurz mitbeleuchten oder die Kabel halten, klasse, hinterher gäbe es lecker was zu trinken, hallooo, international Drinks auf jeden Fall), könntest du mir vielleicht beim Umzug helfen?"

„Häh, Umzug?" (Brett vorm Kopf, normal). Sie zeigte mit schlanker Hand auf einen Haufen Gerümpel unter der Laterne. Geblendet von Auftreten der Beiden hatte ich ihn zuvor nicht gesehen, allenfalls ein Bello hätte ihn vermutlich zum Pieseln angepeilt. Wo kam das Zeug überhaupt her? „Mhm, ich zieh' grad' oben ein". Sie sah in Richtung Dachkante, ein süßliches Lächeln folgte. „Nö, klar". Gerne hätte ich jetzt den sabbernden Geriatriepatienten gegeben, handelte aber pflichtbewusst im Sinne unseres Leitspruchs. Ich trug schnell mal eben zig vergammelte Zimmerpflanzen, muffige Kissen, eingerissene Pappkartons und uralte Rømsbrœ-Schrottregale von IKEA in den sechsten Stock und trat unten zum Schluss die Laterne um. Es krachte in meinem

Knöchel. Grün, rot, blau, nur der HSV. „Danke, das war echt super von dir, hihi!" winkte Sindy von oben und Klaudia piepste irgendwas dazu. Winkewinke, eine glühende Kippe wurde den Worten hinterhergeschnippst und nun war das Fenster zu, dong. Ich blieb verschwitzt zurück und verpasste die letzte U-Bahn. Der Tag hörte auch grandios schlecht auf.

Sindy Graufort, ganz schön (listig) (Zeichnung)

3. Erlebnisse aus der Betreuung

25. Lekker werken in Nederland

Wat? Ich guckte mittelschwer verwirrt auf den Anschlag an unserem Schwarzen Brett. Was zum Kuckuck sollte *Lekker werken in Nederland* bedeuten? Im Eingangsflur der Station hingen ständig Infozettel zu allem Möglichen aus, meist wurden Babysitter gesucht oder ein Guru wollte seine Kurse für Kundalini- oder Verrenkini-Yoga vollkriegen. Oft bedankte sich Pfarrer Mbeki von der christlichen Gemeinde der Nigerianer dafür, dass die Community die gegenüberliegende Kirche für ihre Gottesdienste nutzen durfte. Die Frauen sahen in ihren bunten Kleidern immer klasse aus und brachten Leben in den trüben Laden. Eigentlich hätten *wir* uns bei *ihm* bedanken sollen. Ich las den Zettel genauer, zum Glück stand der Rest in Deutsch darauf. Gesucht wurden also kurzfristig Praktikanten für einen evangelischen Integrationskindergarten in Den Haag. Der kirchliche Träger unserer Station war demnach an einem länderübergreifenden Kooperationsprogramm für Pädagogen beteiligt, benötigt wurden mehrere Kandidaten. Es waren gerade Semesterferien, ich hatte Zeit und Lust, bewarb mich und wurde angenommen. Einen Monat später fand ich mich in einer sonderpädagogischen Einrichtung der Niederlande wieder. *Welkom.*

Acht Uhr, erster Tag – alle Kinder waren da und verteilten sich ungleichmäßig auf die vielen Räume des modernen Kindergartens. Es lief ganz prima, schon wurden die ersten Butterbrote ausgepackt und für das gemeinsame Frühstück aufgetischt. Ein kleines Lied zwischendurch machte alle glücklich. Larissa, tätowierte, gepiercte, rotgefärbte und fröhliche Mitpraktikantin aus Bochum, schnitt Äpfel klein und goss Kakao nach (und wischte ihn auch wieder vom Fußboden auf). Sie sah mit ihrem hippen Look ein wenig so aus wie Enie van de Meiklokjes, fand ich *echt lekker*. Wir setzten uns bald im Kreis zusammen und besprachen das Tagesprogramm und Wünsche dazu. Von Lego über Fee und Prinzessin bis Prinz und Räuber im Weltall reichte das Spektrum, weswegen wir erst einmal tuschten. Schnell sahen auch die Kinder bunt aus. Eines trank einen Becher mit dem verfärbten Wasser zur Hälfte aus und wurde sofort grün. Uns wurde leicht schwarz vor Augen, zum Glück war die Farbe nicht nur wasser-, sondern auch magensäurelöslich. Danach gingen wir in den Turnraum und auch gleich wieder heraus. Ein netter Herr vom niederländischen Verband der Turngeräteüberprüfer nämlich nippte freundlich am *koffie verkeerd* und guckte hier und da entspannt in alle Ecken. Leider standen alle Geräte allzu großzügig in der Halle verteilt und mit dem Aufbau einer Gerätelandschaft wurde es somit *niks*.

Spontan stellten wir einen benachbarten Gruppenraum voll, alle Kinder halfen begeistert mit oder versuchten es zumindest. Nach acht Minuten war vom ursprünglichen Aufbau nichts mehr zu erkennen, doch dafür war die Stimmung super. Das Mittagessen wurde irgendwie heruntergewürgt, bald schon war es Nachmittag. Stammkindergärtner Jan zog sich eine Fuchsmaske vors Gesicht und spielte Monster. Die Kinder kreischten, die Ohren wurden taub, die Wangen glühten, auch die der niederländischen Kolleginnen. Zur Abkühlung ging es noch kurz auf den benachbarten Spielplatz. Alle Kinder blieben glücklicherweise einigermaßen heil.

Nun war Dienstag, der große Tag des Museumsbesuchs im *Museon*. Gleich nach dem gesunden Frühstück ging es los, für einige Kinder leider in die falsche Richtung. Ein lustiger Cockerspaniel wollte spielen und sorgte für reichlich Radau. Zum Glück wusste auch ein rasanter Fahrradkurier im Tiefflug, wo seine Bremsen saßen. Nach fast keinem Umweg war das Monstrum erreicht und wir enterten den Eingangsbereich. Wir stellten erstaunt fest, dass wir nicht die einzige Kindergruppe waren. Der Geräuschpegel toppte locker jedes Metallica-Konzert, doch Dank vorbildlicher Kinderpaarbildung und top Vorbesprechung blieben alle Kinder ruhig, also relativ. Und was gab es nicht alles zu sehen?

Vulkane, Autos, Walskelette, Haie in Formalinlösung, sogar ein Urmensch stand dort herum. Es gab kein Halten mehr, schwuppdiwupp, keine Nase blieb unplattgedrückt. Nach gefühlten neunzehn Stunden Aufenthalt mussten wir wieder gehen und stellten uns darauf ein, alle Kinder sorgsam einzukleiden. Das Wachpersonal teilte uns leider den falschen Kleiderwagen zu, weswegen kein Kind das anzog, was es eigentlich anziehen sollte. Kein Problem, wir spielten kurzerhand Fasching und sahen einer Konkurrenzkindergartengruppe beim randaleartigen Wühlen in unseren Klamotten zu. Doch auch dieses Problem wurde rasch gelöst und wir machten uns locker auf den Rückweg in die Kantine zu *rookworst met stamppot*. Am späten Nachmittag bauten wir noch diverse Burgen und Paläste oder suchten Regenwürmer im Sandkasten.

Der Mittwoch war jetzt angebrochen, strahlender Sonnenschein schon am frühen Morgen erinnerte an Sommerfelder in der Toskana, nur die Gerüche stimmten irgendwie nicht überein. Kein Wunder, eine Klebstofftube machte sich selbstständig und lief aus. Das sanfte Säuseln des Windes wurde durchsetzt von der knallbunten Geräuschkulisse der Abenteuer Bibi Blocksbergs (*Bibi blokkeert Berg*). Anscheinend konnte auch das Hörspiel zaubern, alle Kinder waren weg und wir standen unter Schock. Puh, was für ein Glück, es lagen nur alle unter dem

Tisch und hörten mucksmäuschenstill zu. Zeit für uns zum Sortieren der Dinge, die nicht mehr da waren, wo sie sein sollten, was so ziemlich überall der Fall war. Wir tauschten unsere Lebensgeschichten und Lieblingskekse aus und freuten uns, dass alles so schön lief, auch die Zeit. Der letzte Tag, Donnerstag, konnte kommen.

Wir informierten alle Kinder im Plenum (Praktikantin Larissa: „Du, Plenum ist totaaal wichtig für die Kinder") pädagogisch ausgewogen über den Abschlusstag dieser besonderen Betreuungswoche. Geplant war ein Fußmarsch in ein nahe gelegenes Aquarium namens *Sealife* („Langweilig", sagte Frieda, „wir haben Zuhause schon eins"), ein Spaziergang am Strand („Toll", sagte Piet, „dann finden wir einen Schatz"), jede Menge Überraschungen („Klasse", sagten wir, „die hatten wir noch gar nicht"). Nun gab es kein Halten mehr. Nach Nullkommanix waren alle Kinder gefrühstückt, angezogen und in Pärchen aufgestellt. Nur noch schnell ein Schlückchen hiervon, ein Bäuerchen hierauf, ein kurzes Schläfchen vorab. Nach schon etwa vier Stunden konnte es losgehen. Nach fünf Metern fiel Janneke ein, dass ihr Lieblingskuschelhase noch unter der Bank im Flur lag. Ohne Hase keine gute Laune gleich kein Weggehen gleich kein Aquarium gleich kein Schatz. Der Tross stoppte, wir lagen aber noch gut in der

Zeit. Nach acht Metern bemerkte Jaap das Fehlen seines Lieblingsschokoriegels. Ohne Schokoriegel… Irgendwie kamen wir doch noch vollzählig am Aquarium an. Eine Schneise der Verwüstung markierte unseren Weg. Inzwischen hatte sich völlig überraschend für holländische Verhältnisse das Wetter komplett verändert. Nun hieß es „breeennend heißer Wüstensand". Zum Glück besaß der Bollerwagen ein Fassungsvermögen von mehreren Kubikmetern, sodass darin nicht nur Thermohosen und Wollpullis aufbewahrt werden konnten, sondern auch wohltemperierte Kinder. Die Schlange vor dem Eingang war nur wenige hundert Meter lang. Innen sah es aus wie in einer Waschküche, allerdings war es wärmer. Da kam auch schon der erste Hai angerauscht und präsentierte sein Gebiss. Gut, dass er sich am Glas die Nase stieß und nur etwa einen halben Meter lang war. Da hatten wir alle noch einmal Glück gehabt. Das Schauspiel aus Farben und Formen war überwältigend und sogar die Pinguine klatschten Beifall. Die Frage „Können wir jetzt Fischstäbchen essen?" riss uns aus dem Träumen. Der Strandimbiss nebenan war nur bedingt auf eine Gruppe ausgelassener Kinder und fideler Erzieherinnen eingestellt, weswegen wir zuerst gar nicht, dann sehr spät bedient wurden. Schließlich war Eile geboten, es sollte noch an den Strand gehen. Wir fanden weiße, graue und schwarze

Muscheln, kleine, und große Federn, viel Sand, eine grüne Flasche, eine Kartoffel und sogar eine Fahrradlampe, aber leider keinen Schatz, nicht mal eine Wunderlampe. Zum Trost durften sich alle Kinder noch eine Kugel Eis aussuchen. Alle Wünsche wurden erfüllt, nur Pizzaeis mit Schokolade konnte die bella Signora aus bella Italia nicht zaubern. Schade. Das war's dann. Ein wenig traurig fuhr ich zurück - *het was een leuke tijd.*

Kinder auf der Strandpromenade von Den Haag (Fotografie)

26. Le Figaro lacht alles weg

Nach dem Ende irgendeiner Mittagsschicht sollte ich nur noch einen letzten profanen Duscheinsatz durchführen, irgendwo in einer der vielen Hochhauswohnungen am Wesselyring. Genaueres über den Patienten oder die Patientin wusste Herr Petersen auch nicht. Er war die Vertretung der üblichen Einsatzplanung und somit nicht immer recht im Bilde. Statt einer vernünftigen Antwort auf meine Fragen „Wer, wie, was (wieso, weshalb, warum)?" erntete ich konzentriertes Schweigen und konnte nur zusehen, wie er angestrengt weiter in einem Haufen konfus übereinandergestapelter Papiere wühlte. Herr Petersen sah ebenfalls nicht ganz unkonfus aus mit seiner fortgeschrittenen Glatze und den wirren Haarbüscheln hinter den Ohren, die mit den massiven Brillenbügeln schwer zu kämpfen hatten. Meist trug er ein graues Hemd mit einem für ihn wohl passend abgestimmten beigen oder gelben Pullunder. Richtig deutlich auseinanderzuhalten waren die Farben nicht, vermutlich wusch er sämtliche Klamotten durcheinander. Seine Füße steckten in Gesundheitslatschen, wenigstens das passte vorzüglich zum Image unserer Einrichtung. Herr Petersen war wohlhabender Erbe eines Handels für biologische Schulpräparate und arbeitete unentgeltlich im Sinne der christlichen Nächstenliebe, außerdem weil er Lust darauf hatte. Das war schon wieder ziemlich cool und machte seine Lauheit vergessen. Ich bekam ausnahmsweise keinen Wohnungsschlüssel in die Hand gedrückt wie üblich, sollte stattdessen aber gleich los. Auf dem betagten Dienstfahrrad der Marke „Rekord" ging es in den Wesselyring – hier standen genau betrachtet nur Hochhäuser und alle sahen sie gleich aus: quadratisch, praktisch, grau. Ich irrte ein wenig umher zwischen normierten Eingangstüren in hellblau und fand den richtigen Eingang nicht gleich. War es nun 37 a, b oder c oder 38 d, e oder f? Eine schlechte Pointe wäre 39 x, y ungelöst gewesen. Endlich – der richtige Nachname; ich drückte auf den Klingelknopf, der Summer ertönte und ich trat in das blaugrün gekachelte Treppenhaus. Es war kühl und roch ein wenig nach Essigreiniger, in der Ecke standen die üblichen Roller und Kinderwagen. Ein Satz Wochenzeitungen lag auf der untersten Treppenstufe. Ich huschte nach oben.

Duscheinsätze waren normalerweise vollkommen unkompliziert. Im Laufe der vielen Jahre hatten die meisten Senioren ihre Scheu oder Scham vor den wesentlich jüngeren Pflegern verloren. Es war auch eigentlich nichts dabei, sich Wasser über die bloße Haut laufen oder sich dabei helfen zu lassen. Die

Natur macht alle Körper natürlich, daher sind die Worte Natur und natürlich auch ähnlich, logisch. Irgendwann endet ohnehin jeder faltig und runzlig, dachte ich manchmal zwischendurch. Dieses Mal wurde alles anders. Es öffnete mir keine grauhaarige Helga oder betagte Elisabeth die Haustür, sondern eine rothaarige und sommersprossige Nicole, etwa genauso alt wie ich. Ich sah leicht nach unten. Nicole saß im Rollstuhl. „Hallo, ich bin Nicole!", sagte sie locker und grinste mich freundlich an. „Äh, hallo, ich bin Alexander" kam als Antwort (Kloß im Hals). „Ich weiß, Herr Petersen hat eben noch kurz Bescheid gesagt". Sie rollte ein wenig zur Seite und ließ mich hinein. Die Wohnung sah nett aus, hell und luftig, die Fenster standen offen und es roch irgendwie nach Großstadtnachmittag. Ich suchte nach passenden Worten.

„Tja also, ich, äh, soll dir beim Duschen helfen…", stotterte ich einen Eröffnungssatz. „Ja, genau, das Bad ist hier gleich links". Nicole wies mir mit einem Fingerzeig den Weg. „Du bist neu, oder? Wieso hat Stefan heute nochmal frei?", fragte sie. „Öh, ne, weiß ich auch nicht genau, hat mir Herr Petersen nicht erklärt", faselte ich vor mich hin. Ich hatte tatsächliche keine Ahnung, es gab zwei Stefans bei uns, den klasse Vollzeitpfleger und einen trotteligen Zivildienstleistenden. Nicole schien nicht überrascht zu sein, „Ist total okay, sonst kommt manchmal einer von den anderen Zivis vorbei". „Nö, ist ja auch kein Problem, wir machen das schon" – ich hatte nur überhaupt keine Ahnung, wie.

Wir befanden uns vor der Dusche. „Also, ich stemme mich mit den Armen hoch und du ziehst mir dann als Erstes die Hosen über die Knie". „Geht klar", sagte ich. Nicole drückte sich mit den Armen fest auf die Lehne des Rollstuhls und ich tat, wie mir geheißen. Die Hosen waren futsch. Danach setzte sie sich wieder hin. „Kannst die Klamotten auf den Stuhl legen. Die Oberteile schaffe ich selber". Nicole zog sich das Shirt über den Kopf und ihre Arme verschwanden hinter ihrem Rücken. Dann öffnete sie die Ösen ihres Büstenhalters mit sicheren Griffen. Ich wusste nicht genau, wohin ich sehen sollte und entschied mich für einen Blick knapp am Badezimmerspiegel vorbei. „Nun musst du mich auf den Duschsitz heben. Geht am besten, wenn ich einen Arm um deinen Hals lege und du mich dann rüberziehst. Einen Arm unter meine Knie und den anderen um die Schulter". „Ja, klar". Ich wusste nicht, wohin ich gucken sollte, auf dieser Höhe gab es keinen Spiegel als Ausweg. Ich hob Nicole vorsichtig an und zog sie auf den Duschsitz. Wir stellten die Wassertemperatur ein und wählten eine Einstellung für den Strahl. Nicole griff sich ihr Duschgel und legte selbstverständlich los. „Das Meiste kriege ich alleine hin. Brauchst mir nur den

Rücken zu schrubben, hier ist der Lappen". Grinsend hielt sie mir einen grünen Lappen hin und ich machte mich daran, ihren Rücken einzuseifen und abzuschrubben. Auch er war voller Sommersprossen. Ich war komplett überrascht, dachte bisher, die gäbe es nur im Gesicht. Zu Nicoles Gemüt passten sie jedenfalls hervorragend. „Is' okay so?", fragte ich und kam mir vor wie ein Friseur, der sich nach der richtigen Wassertemperatur erkundigte. „Is' okay so", antwortete Nicole. Irgendwann war Nicole abgeduscht, sie schaltete das Wasser ab. Dann trocknete sie sich im Sitzen ab, machte auch hier das Meiste alleine. Schließlich wiederholten wir die ganze Kleiderprozedur, nur in jetzt umgekehrter Reihenfolge.

Nicole saß nun am gleichen Platz wie vor einer Viertelstunde und wollte noch, dass ich ihr die Haare föhne. Beim Föhnen sah ich diesmal nicht am Badezimmerspiegel vorbei, sondern direkt hinein und musste lachen. Ich schlug ihr eine verwegene Frisur à la Kim Wilde vor und quasselte irgendwas vor mich hin. Nicole hatte ihre Augen geschlossen und lächelte leicht belustigt in sich hinein. Ganz unangenehm war ihr das alles also nicht. Dennoch fragte sie sich vermutlich, was für einen Tollpatsch ihr die Station heute geschickt hatte. Wir verabschiedeten uns nett und wünschten uns alles Gute, bis zum nächsten Mal.

Als ich ihre Wohnung verließ, war ich klitschnass geschwitzt und hätte selber eine Dusche gebraucht. Ich setzte mich auf mein Fahrrad und fuhr durch die erhitze Luft zurück in die Station. Mit der Sonne im Rücken und dem Fahrtwind im Gesicht kam ich mir selbst ein wenig vor wie geföhnt.

Hochhaus am Wesselyring, Nummer 38 oder 39 (Fotografie)

27. Karola und Marcus im Duo

Zu Beginn meines Sozialen Jahres bekam ich von der Stationsleitung einen einjährigen Einsatz zugeteilt, passte sinngemäß also schon mal ganz gut. Es sollte sich gleich um zwei Personen handeln, Jugendliche noch dazu, altersmäßig nicht weit entfernt von mir. Karola und Marcus würden in eine Höhere Handelsschule am Tessenowweg im Norden Alsterdorfs gehen. Karola wäre achtzehn, Marcus siebzehn Jahre alt und beide säßen sie im Rollstuhl. Anfangs wusste ich nicht, was ich zu dem Einsatz sagen sollte und so sagte ich auch nichts. Mir fiel einfach nichts Passendes ein. Ich wusste schon gar nicht, was ich Vernünftiges denken sollte und dachte ersteinmal nur diffuses Zeug. Hauptsächlich hatte ich große Furcht, im persönlichen Umgang später vielleicht irgendetwas falsch machen zu können. Zuvor hatte ich jedenfalls nie direkten Kontakt mit sogenannten Behinderten gehabt. Meine Aufgabe sollte darin bestehen, sie zweimal täglich in den großen Pausen zum Klo zu fahren. Die Handelsschule wäre hierfür mit einem speziellen Toilettenraum ausgestattet und auch sonst barrierefrei ausgebaut. Das Kennenlernen in der ersten von einigen hundert Pausen war dann so unproblematisch wie nur wenige Treffen zuvor. Wir trafen uns wie verabredet vor dem Schulkiosk. „Hallo, ich bin Alex!", „Hallo, ich bin Karola!", „Hallo, ich bin Marcus!", fertig, alles gut, danach Blabla nonstop. Kein Wunder, wir waren ja fast gleichaltrig, Berührungspunkte (auch im wörtlichen Sinne) gab es genug. Wir trafen uns ab jetzt täglich zu den festgesetzten Uhrzeiten vor der Klotür. Manchmal holte ich Karola in ihrem Klassenraum ab, so konnten wir gemeinsam Fahrstuhl fahren und ein wenig miteinander quatschen. Nicht selten bekamen wir dort Komisches mit, etwa als ein Schüler im Möchtegernghettooutfit zu einem anderen sagte: „Gestern, ich war Kino, so mäßig, dies, das". Karola bekam Bauchschmerzen vor Lachen, der Satz ergab weniger als null Sinn. Oft unterhielten wir uns über schulischen Ärger, damit kannte ich mich noch gut aus. Häufig waren natürlich die Lehrer irgendwie blöd, meist traf es in unseren Erzählungen den immergleichen Paukertypus (legendär bleibt wohl der altersmüde Geschichtslehrer, der den ganzen Tag im Samtsakko mit Ellenbogenschonern durch die Schule schlurft und dabei darauf achten muss, dass ihn die Kaffeetasse nicht zu sehr gen Boden zieht).

Die Einsätze liefen immer nach dem gleichen Schema ab, zuerst kam Marcus dran, danach Karola, alles war entspannt soweit. In der zweiten Woche lauerte eine kleine Überraschung auf mich. Karola warnte mich vorab dezent vor. „Du, Alexander, heute ist etwas anders". Sie nestelte in einem kleinen weißen Stoffbeutel herum und zog eine Damenbinde hervor. Ich guckte dumm aus der Wäsche. „Könntest du die vielleicht bitte gleich wechseln?" (häh? ich?). „Nö, klar!" (häh? wie?). Zwar hatte ich diese Teile schon einmal in echt gesehen, allerdings ohne keinerlei Ahnung, wie frau damit genau umgeht. Wir schritten zur Tat. Karola drückte sich hoch aus ihrem Stuhl und hielt sich mit beiden Händen an der Griffleiste des Klos fest. Beide Hosen runter, Karola setzte sich schnell auf die Klobrille. Weg mit dem alten Ding, ab in den Müll. Nun musste nur noch die neue Binde in die Hose geklebt werden. Ich hatte kurzfristig das Gefühl, als sollte ich kurz mal eben eine Waschmaschine reparieren und gab mein Bestes (wo muss ich jetzt den Nippel durch die Lasche ziehen?). Jetzt in etwa so wie vorher werkeln, nur andersherum. „Du, äh, Karola, gut so?" Karola guckte an sich herunter, ich an ihr hoch. „Müssen wir mal eben ausprobieren". Hosen hoch, passte natürlich nicht, das Ganze also noch einmal.

„Du, äh, Karola, jetzt gut so?" Karola guckte an sich herunter, ich an ihr hoch, wir trafen uns in Höhe der Mittellinie, jetzt passte es. Schon war alles so wie vorher, wieder etwas dazu gelernt, ganz normal, war eben eigentlich was gewesen?

Wenn es der Dienstplan zuließ, fuhr ich mit einem Stationsfahrrad zu den Einsätzen; auf unseren klapprigen Rädern befanden sich zwei festmontierte Einkaufskörbe. Ich führte meist einiges an Material mit, unter anderem einen Extrakarton mit Handschuhen. Aus Hygienegründen war das Tragen von Latexhandschuhen Pflicht. Aus irgendeinem Grund ließ ich den Karton mit den Handschuhen an einem Tag im Januar dämlicherweise vor der Tür zum Klo liegen. Vielleicht hatte mich Marcus mit seinen lustigen Wochenendgeschichten aus dem Takt gebracht. Als ich den Toilettenraum verließ, war der komplette Handschuhkarton verschwunden. Irgendjemand hatte ihn geklaut, logisch – aber was zum Kuckuck wollte jemand mit einhundert Latexhandschuhen?

Einige Tage später sah ich die Antwort. Zu Beginn der großen Pause war die gesamte Pausenhalle mit den aufgepusteten Handschuhen komplett vollgemüllt. Die Handschuhe sahen aufgepustet in etwa wie Hahnenköpfe aus, die mit Luft gefüllten Finger boten den täuschend echten Anblick von Hahnenkämmen. Ein Spaßvogel hatte die Ballons außerdem in passenden Farben angemalt, sämtliche Kämme leuchteten rot. Ein falscher Hahn lag am nächsten. Falsche Hasen waren nicht dabei. Ein Lachen konnte ich mir nicht verkneifen, die Dekoration passte tipptopp zur Karnevalszeit.

Marcus lud mich später zu seinem achtzehnten Geburtstag ein, ich freute mich wirklich sehr darüber. Er feierte in der großen Gärtnerei seiner Eltern, etwas außerhalb von Hamburg. Das war robustes Terrain, so konnte ruhig einiges vollgekleckert werden. Tatsächlich verwandelten die Gäste das Gewächshaus schnell in ein Tollhaus. In großen Pfannen brutzelte Paella vor sich hin, Villarriba gegen Villabajo, hier gewannen beide. Die Showköche vom exklusiven Partyservice trugen professionell wirkende weiße Kochmützen und die Kellnerinnen ein zauberhaftes Lächeln auf den Lippen. Mindestens hundert Gäste standen sich an Stehtischen gegenüber und mampften, was die Teller hergaben. Alle quasselten fröhlich miteinander und dampften vor sich hin. Eltern und Großeltern, Geschwister, Onkels und Tanten, Cousins und Cousinen, Freunde, Bekannte Mitschüler, Nachbarn, alle ließen ihn hochleben. Rot- und Weißwein floss in Strömen, die Pflanzen wurden teilweise auch begossen. Wenn schon gefeiert wird, dann sollten alle etwas davon haben, logisch. Eine Tanzkapelle ließ es später richtig krachen, viele Gäste schwoften locker durch den Abend. Ab und an klirrte es bedenklich. Kann sein, dass die ortsansässige Glaserei Brüchle ihre Filiale nicht umsonst neben der Gärtnerei eröffnet hatte. So profitierte auch sie vom Elan dieser tollen Familie. Mit dem Nachtbus kam ich schließlich irgendwie noch nach Hause, beschwingt und froh plumpste ich in die Federn.

Ein späterer Besuch bei Karola im Krankenhaus fühlte sich dagegen an wie ein Tritt in die Magengrube. Gräuliche Gesichter in Bademänteln schon vor der Eingangstür zeigten untrüglich menschliches Elend an. Einmal im Flur stehend, setzte der Impuls ein, diesen Ort schnell wieder verlassen zu wollen. Karolas Anblick nach einer komplizierten Operation trieb mir die Tränen in die Augen. Sie lag gekrümmt in einem niedrigen Bett mit Streben davor, um ihr Herausfallen zu verhindern. Sie trug keine Brille wie sonst und wirkte dadurch noch hilfloser. Ihre Augen waren leicht verengt, um die Kurzsichtigkeit ein wenig auszugleichen. Trotz ihrer Volljährigkeit lag ein Kuscheltier neben den Kissen. Karolas immer lebendig wirkende Lockenpracht war ein verklebter Haarwust. Sie wirkte sämtlicher Kraft beraubt und nicht nur körperlich, sondern auch seelisch gebrochen. Mehr als den Versuch von lieben Worten brachte ich nicht zustande. Wird schon wieder, alles wird gut, gute Besserung? Alles große Scheiße, nichts davon würde je wirklich stimmen. Ich konnte sie noch nicht einmal richtig in den Arm nehmen. Beim Verlassen des Krankenhauses erschienen mir viele bekrückte Pyjamaträger dagegen schon fast wie Glückspilze.

28. Max

Während der Sommersemesterferien bekam ich einmal die Vertretung für einen einmonatigen Einsatz bei Max übertragen. Max war ein damals vierzehnjähriger Junge, der vormittags in einer sonderpädagogischen Einrichtung betreut wurde. Seine geistige und körperliche Entwicklung war nicht normal verlaufen. Max saß im Rollstuhl und galt der üblichen Diktion nach als schwerstbehindert. Ohne fremde Hilfe war er nicht in der Lage, sich selbstständig die Nase zu putzen oder seine Brille aufzusetzen. Er war hilflos, im wahrsten Sinne des Wortes. An den Nachmittagen hatte er schulfrei und so kümmerte sich jeweils ein Mitarbeiter der Sozialstation bis zum abendlichen Eintreffen der berufstätigen Eltern um die Betreuung. Das Mittagessen wurde immer von uns zubereitet, seine Mutter hatte zuvor aufgeschrieben, was es geben sollte. Max mochte Nudeln mit Tomatensoße oder Spaghetti Bolognese, die klassischen Kombinationen. Das Füttern ging rasant, er ließ nie einen Bissen übrig. Oft schob ich ihn danach durch die Straßen Alsterdorfs oder durch den nahen Stadtpark. Max reagierte sehr empfindsam auf äußerliche Reize, er konnte sich über das Gefühl von Sonnenstrahlen auf seinem Gesicht oder den

Anblick von Hunden lautstark freuen. In solchen Momenten fing er dann mit seinen Armen an zu zittern und seinen Kopf bewegte er schlenkernd hin und her, gefolgt von schrillen Schreien.

An einem besonders schönen Tag fand ich einen Ausflug in die Hamburger Innenstadt ganz passend. Es bot sich an, etwas vom quirligen Treiben mitzuerleben. Es würden bestimmt viele Menschen bei dem tollen Wetter unterwegs sein und Max etwas zu sehen bekommen. Wir verließen die Wohnung und steuerten die U-Bahnstation Lattenkamp an. Dort gab es einen Aufzug auf die Gleisebene, Max' Rollstuhl passte problemlos hinein. Im U-Bahnwagon hatte er die Blicke der anderen Fahrgäste schnell auf seiner Seite. Max wirkte verstörend, viele Menschen wussten nicht, wie sie auf seinen Anblick reagieren sollten - sofern sie sich dann noch einigermaßen im Griff hatten. Durfte man hingucken, sollte man unbeteiligt weggucken, konnte man nicht hingucken? Den meisten Fahrgästen war der ungewohnte Anblick eines Jungen wie Max sichtlich unangenehm, sie schielten halb an ihm vorbei.

Wir fuhren zunächst bis zum Hauptbahnhof, verließen diesen dann in Richtung Hamburger Kunsthalle und überquerten die Lombardsbrücke. Anschließend ging es an der Binnenalster entlang, vorbei am strahlend weißen Hotel „Vier Jahreszeiten" in Richtung Jungfernstieg. Die Sonne spiegelte sich glitzernd im Wasser, ein paar Enten und Schwäne und hatten sich von der Außenalster hierher verirrt und schnorrten Brotkrumen von den Touristen. Das Schnattern der Enten schien Max zu gefallen, er streckte seine Hände in Richtung der Tiere aus, so, als wolle er sie berühren oder irgendwie Kontakt mit ihnen aufnehmen. Ich fand Enten schon immer toll und hätte ihm am liebsten eine eingefangen und kurz in den Arm gelegt. Vielleicht wären sie gar nicht weggeflogen? Kein einziger Hund schien jemals erschrocken, wenn er aufschrie und sich zu ihnen hinwandte oder versuchte, sie zu berühren. Wer weiß, welche Empfindungen er in ihnen auslöste?

Max mochte es auch, mit Fahrstühlen oder Rolltreppen zu fahren, er war dann sichtlich erfreut und langte mit seinen gekrümmten Fingern nach dem Glas oder Stahl. Das konnte er gerne haben. Wir überquerten den Jungfernstieg und sahen uns in der Ladenpassage „Hamburger Hof" um. Hier konnte man auf zwei Etagen herrlich Rolltreppen fahren, die Wege waren kurz, zahlreiche Geschäfte mit bunten Auslagen reihten sich wie die Perlen einer Kette aneinander. Ein italienisches Eiscafé sorgte für köstlichen Duft im Erdgeschoss, nebenan kaufte der Mann von Welt handgenähtes Schuhwerk.

Im ersten Stock gab es auch eine Filiale der Parfümeriekette Douglas. Prima, dachte ich, hier gibt es einiges an Abwechslung, auf jeden Fall etwas Feines für die Nase. Wir hatten den Eingang der Parfümerie kaum betreten (oder befahren), da stürmte schon eine der gut riechenden, aber schlecht angemalten Lippenstiftverkäuferinnen auf uns zu. Sie wandte das Gespräch sofort an mich, was wir denn hier wollten und ob ich nicht sehen würde, dass die Filiale sehr beengt sei, ob man den Rollstuhl jetzt gleich nicht etwas mehr zur Seite schieben könne, der Kunde könne so ja kaum mehr die Filiale betreten, ach herrje und wo kommen wir denn da hin und so weiter und so fort.

Ich antwortete, wir führen gerne durch verschiedene Geschäfte, manchmal würden wir auch etwas kaufen, hier und heute wohl aber nichts. Aber vielleicht könnten wir ein paar kostenlose Parfüm- oder Duschgelproben bekommen, das sei doch manchmal so üblich? Ansonsten würden wir ganz gerne einmal unverbindlich am neuen Duft „Dégoûtant" von Karlo Lagerfield schnuppern, ob der denn eventuell vorrätig wäre? Dazu fiel der Trulla nichts ein. Ihr Mund blieb wie bei einem Karpfen leicht geöffnet, eine Antwort brachte sie nicht zustande. Schließlich wich sie einige Schritte zurück und wandte sich dümmlich lächelnd einer monströs aufgetakelten Kundin mit Hut zu. Max sah sich währenddessen nur leise summend um. Dabei drehte er den Kopf in alle Richtungen und ließ ihn dann und wann müde absinken. Ich schob ihn schließlich einmal im Kreis durch den ganzen Laden, steuerte dann langsam den Ausgang an und achtete absichtlich nicht auf sein schief hängendes Lätzchen, sondern verfolgte nur seelenruhig, wie sich ein dünner Speichelfaden auf den Teppich ergoss.

Ein Schwan auf der Hamburger Binnenalster (Fotografie)

Danksagung

Ohne die Unterstützung meiner Eltern hätte ich die Tätigkeit in der Pflege nicht ausüben können, ihnen gilt mein oberster Dank. Danken möchte ich auch Herrn Oliver Maria L. für den jahrzehntelangen künstlerischen Einfluss und die Ratschläge zur Gestaltung des Buches. Ein weiterer Dank gilt Herrn Manfred I. für die Anregung zu diesem Buch sowie die wohlwissenden literarischen Hinweise. Frau Susanne B. und Herrn Dirk L. danke ich für handwerkliche Unterstützung, den Herren Thorsten W. und Heiner O. für germanistisch-grammatikalischen Feinsinn, den Damen Sylvia K. und Jana R. für erfrischende Ermunterung beziehungsweise Richtungsweisung, Herrn Martin Sch. ebenso. Für grafische Inspiration möchte ich mich bei Herrn Ferdinand B.-W. bedanken, für Wagnisfreudigkeit bei Herrn Robert E. Abschließend danke ich Frau Vlatka Š., ohne deren gesamtes Mitwirken dieses Buch in dieser Form nicht hätte realisiert werden können.

Eine Hamburger Sozialstation